L'AMOUR HUMAIN

Andreï Makine, né en Sibérie, a publié de nombreux romans, parmi lesquels : *Le Testament français* (prix Goncourt et prix Médicis 1995), *Le Crime d'Olga Arbélina*, *Requiem pour l'Est* et *La Musique d'une vie* (prix RTL-Lire 2001). Son dernier ouvrage, *L'Amour humain*, est paru aux éditions du Seuil.

Andreï Makine

L'AMOUR HUMAIN

ROMAN

Seuil

TEXTE INTÉGRAL

ISBN 978-2-7578-0610-4
(ISBN 2-02-088426-7, 1re publication)

© Éditions du Seuil, octobre 2006

Le Code de la propriété intellectuelle interdit les copies ou reproductions destinées à une utilisation collective. Toute représentation ou reproduction intégrale ou partielle faite par quelque procédé que ce soit, sans le consentement de l'auteur ou de ses ayants cause, est illicite et constitue une contrefaçon sanctionnée par les articles L.335-2 et suivants du Code de la propriété intellectuelle.

Un enfant masqué

I

Sans l'amour qu'il portait à cette femme, la vie n'aurait été qu'une interminable nuit, dans les forêts du Lunda Norte, à la frontière entre l'Angola et le Zaïre.

J'y partageai deux jours de captivité avec un confrère, un instructeur militaire soviétique, et avec ce que nous prenions pour un cadavre étendu au fond de notre geôle en glaise séchée, un Africain vêtu non pas d'un treillis, comme nous, mais d'un costume sombre et d'une chemise blanche brunie de sang.

Menacée, l'existence se montre nue et nous frappe par l'extrême simplicité de sa mécanique. Durant les heures d'emprisonnement, je découvris ces rouages frustes : la peur efface notre prétendue complexité psychique, puis la soif et la faim chassent la peur, reste l'ahurissante banalité de la mort, mais ce frisson de l'esprit devient vite risible face à l'inconfort des petites servitudes corporelles (comme celle, pour nous deux, d'uriner en présence d'un cadavre), enfin vient le dégoût de soi, de cette petite bulle d'être qui se croyait précieuse, car unique, et qui va crever parmi d'autres bulles.

À la tombée de la nuit, les combattants qui nous avaient arrêtés ont mis la main sur quatre paysans zaïrois, trois hommes et une femme, qui traversaient la frontière en apportant des vivres aux «creuseurs», comme on appelle là-bas les chercheurs de diamants. Les hommes furent dépouillés et abattus, la femme se prêta aux viols avec une placidité qui donnait à la brutalité des saillies un air presque naturel. Elle garda un silence total, pas un juron, pas un geignement. Je me rappelle le visage d'un des soldats : l'écœurement d'après le coït, la hargne ensommeillée du regard qui observait, sans curiosité, le gigotement de celui qui venait de prendre sa place entre les larges cuisses de la Zaïroise.

Ce voyeur blasé eut envie de nous molester, c'était prévisible, la satisfaction charnelle rend insatisfait. Il donna aussi quelques coups de pied dans le long cadavre de l'Africain. Détournant le visage pour éviter le va-et-vient des bottes, je crus entendre un piétinement derrière la porte, le cliquètement d'une arme. L'idée de devoir mourir dans un moment arracha à l'obscurité une vision nette comme une photo en noir et blanc : cette corde sale qui m'entravait les chevilles, les taches de cambouis sur le pantalon du soldat, l'embrasure sans vitre, très bas dans le mur, par où je venais d'épier les violeurs. Une voix féminine étrangement joyeuse retentit, coupée par une brève rafale de mitraillette. Le soldat se précipita dehors, nous laissant chacun à son sursis : l'immobilité de l'Africain, la toux de l'instructeur qui but une gorgée d'alcool d'une gourde dissimulée dans son treillis, ma pensée embrouillée entre la soudaine familiarité de la mort et le plaisir que les hommes trouvaient sur le corps gras de la Zaïroise.

J'étais jeune et cette brusque simplification de la vie réduite au plaisir et à la mort me fit du bien. Il est plus facile d'accepter sa fin quand on sait qu'on est ce bout de chair qui lutte pour jouir (comme ces soldats derrière la fenêtre) et qui meurt s'il perd. «Ces culs noirs de l'UNITA!» jura l'instructeur. Il but une nouvelle gorgée et, presque aussitôt, poussa un premier ronflement. J'admirais cet homme. Il connaissait la vérité brute de la vie, sa sagesse primaire à laquelle j'étais en train d'être initié : nous ne sommes pas uniques, mais tous pareils et interchangeables, oui, des bouts de viande qui cherchent le plaisir, souffrent, s'affrontent pour la possession des femmes, de l'argent, du pouvoir, ce qui est à peu près la même chose, et un jour les perdants et les gagnants se rejoignent dans la parfaite égalité de la putréfaction.

Ce n'était pas du cynisme, je vivais ces vérités nues sans vraiment réfléchir, les inspirais avec la touffeur humide qui suintait sur ma peau, avec l'odeur des corps en décomposition. La matière du monde était cette masse organique dont nous faisions tous partie, moi, l'instructeur endormi, l'Africain mort, les soldats qui éjaculaient à tour de rôle dans le vagin endolori de la femme, les trois paysans aux crânes éclatés… Je me sentis profondément uni à cette masse humaine.

« Ce gros lard de Savimbi, on va lui péter la gueule… La formation idéologique des cadres… », grogna l'instructeur à travers son sommeil, et il se donna quelques tapes sur le visage en chassant les moustiques. Je me mis aussi à somnoler, abruti par la fatigue, heureux de me fondre dans une bouillie de corps anonymes.

Le cri qui fusa dehors n'avait rien d'impersonnel. Il était atrocement unique dans sa détresse. On tuait quelqu'un. Quelqu'un de très singulier mourait. Une femme, cette femme-là, cette Zaïroise. Je bondis sur mes pieds entravés, m'agrippai à l'étroit carré de la fenêtre. La scène n'était pas particulièrement cruelle mais exprimait une démence limpide, précise. Un militaire, le gros sergent qui nous avait interrogés la veille, était accroupi devant la Zaïroise que deux soldats retenaient agenouillée devant lui. Il enfonçait ses doigts dans la bouche de la femme, donnant l'impression d'inspecter, en dentiste, cette cavité buccale béante. Une torche électrique dans la main d'un des soldats éclairait le visage du sergent. Une cicatrice, un large astérisque lissé par le temps, brillait sur sa pommette...

Pour ne pas basculer dans la folie, je tentai d'imaginer une explication, un rite africain, un exorcisme... Un de ces bobards folkloriques dont se gargarisent les connaisseurs et qui aurait pu rendre intelligible cette pantomime nocturne. Mais une seule chose apparaissait clairement : la femme venait de perdre la vie et j'étais en train d'assister à son après-mort. Une nuit poisseuse d'humidité et de pourrissement végétal, la résille cuisante des insectes, ces hommes qui enserraient son corps, leurs doigts qui plongeaient dans sa bouche, grattaient sa gorge...

La vraie terreur de mourir vint seulement à ce moment-là. Un spasme noueux, semblable à l'éveil d'un être inconnu grandi sournoisement en moi et qui s'arrachait maintenant à mes entrailles, à mon cerveau. La naissance de mon propre cadavre, collé à moi, tel un double.

Ce sursis nocturne m'a laissé le souvenir d'une panique paralysante puis d'un abattement de somnambule, et d'une nouvelle agitation provoquée par un éclat de voix derrière la porte, par un coup de feu dans la forêt. En rampant, je cherchai une brèche dans le crépi du mur, réveillai l'instructeur, lui proposai de nous évader (il bougonna avant de se rendormir : «Ici, la prison c'est toute cette foutue jungle»). Grâce à la mort de la Zaïroise, j'imaginais les premiers moments qui suivraient la mienne : les soldats allaient traîner mon corps sans vie, le jeter près de celui de l'Africain. L'instructeur serait peut-être abattu dans son sommeil et de toute façon il appartenait à cette génération soviétique qui mourait au nom de la mère patrie, de la liberté des peuples frères, de l'internationalisme prolétarien. Je me sentis seul dans ce dernier pas vers le néant. Je devais me sauver seul.

J'abordai le cadavre quand le réflexe de survie évinça toute honte. Je voulais le fouiller, lui soutirer ce qui pouvait m'être utile : l'argent et ses papiers s'il avait su les cacher aux soldats, un objet de valeur, de quoi soudoyer un garde, ce stylo que je tâtais déjà dans sa poche. Un beau stylo à plume, vestige du monde civilisé. Son poids lisse, rassurant me fit l'effet d'une amulette...

« Il n'y a plus d'encre dedans... » Le chuchotement figea l'obscurité autour de moi en une densité de verre fumé. Au bout de quelques instants, je me surpris à tendre toujours le stylo, à essayer de le rendre comme un voleur maladroit et penaud. « L'encre a séché par cette fournaise... Mais si tu pouvais retenir une adresse... »

Je ne fus pas étonné de l'entendre parler en russe. À cette époque-là, dans les années soixante-dix, des milliers d'Africains le parlaient. Non, quand je repris mes esprits, c'est l'adresse épelée par le Noir qui me frappa. Il s'agissait d'une localité voisine du village sibérien où j'étais né, une contrée qui m'avait toujours semblé l'endroit le plus ignoré de la terre. L'homme la nomma sans hésiter et seules ses lèvres écorchées par la soif ajoutèrent à la sonorité des syllabes une expiration brûlante, rêche. Définitive comme la dernière volonté.

Il n'y eut plus aucune logique dans les minutes qui défilèrent de plus en plus vite. Tout arrivait en même temps. Ses yeux enfiévrés et étonnamment calmes brillèrent dans le reflet du briquet dont je dissimulai la flamme avec ma main. Je vis ses poignets gonflés sous les torsades du gros fil de fer que je commençai à casser, nœud après nœud. J'entendis son étouffement quand la toute première coulée d'eau glissa dans sa gorge. Il nous en restait un demi-litre à peine, et je pensai qu'il avalerait tout, assoiffé qu'il était. Il se retint (ses mâchoires crissèrent) et il parla tout bas en balayant avec quelques mots ma peur. Au matin, disait-il, les Cubains allaient attaquer et probablement nous libérer. Les chances n'étaient pas énormes mais on pouvait espérer. Nous deux, l'instructeur et moi, pouvions espérer, le cas échéant, être troqués contre les prisonniers de l'UNITA… Sa voix était inexpressive, détachée et ne cherchait pas à m'impressionner. Tout simplement (je le comprendrais plus tard), elle m'offrait la possibilité d'attendre sans trembler. De ne pas me figer à chaque coup de feu, à chaque cri. Ses paroles étaient là pour m'apprendre à mourir quand il faudrait mourir. Un instant, je crus pouvoir le rejoindre dans cette indifférence altière face à la mort. Et puis je venais de rompre le dernier morceau de fil de fer sur son poignet gauche et, les mains libres, il se débarrassa de sa veste, déboutonna sa chemise... Avant que mon briquet ne me brûle les doigts, j'eus le temps de voir la chair en charpie, une croûte purulente couverte d'insectes... Derrière la porte, retentit de nouveau un hurlement de la Zaïroise (l'Africain allait m'expliquer ce que les soldats cherchaient dans ce corps féminin supplicié).

« Pourquoi ils mettent si longtemps à la tuer, se forma en moi une pensée qui ne m'obéissait plus. Ils auraient dû nous tuer tous. Tuer surtout cette vermine qui ronge le nègre ! » J'entendis dans l'obscurité le frottement d'un bout de tissu et sentis l'aigreur de l'alcool : l'Africain nettoyait sa plaie, l'instructeur venait de lui passer la gourde. Recroquevillé contre le mur, j'avais la sensation d'être tout entier recouvert d'écorchures où grouillait la mort...

Et c'est à cet instant, à travers le soufflement de l'instructeur qui s'était assoupi de nouveau, que la voix de l'Africain s'imposa, encore plus distante qu'avant, indifférente à convaincre. Il ne parlait plus de notre probable salut, ni des unités cubaines qui avançaient du côté de Lucapa. Ce qu'il disait ressemblait à ce murmure que, dans mon enfance, faisaient entendre de très vieux hommes assis près de leurs isbas. Ils regardaient au loin et parlaient d'êtres qui ne vivaient plus que dans leurs têtes blanches, lourdes des années de guerre et de camps. Elias (j'appris son prénom) avait cinq ou six ans de plus que moi mais sa voix résonnait au-delà de sa vie.

Il parlait d'un train qui parcourait une infinie forêt d'hiver. Le voyage durait depuis plusieurs jours et s'était confondu peu à peu avec les destins des passagers qui finirent par se connaître comme des proches. On partageait la nourriture, on racontait son passé, on allait dans des gares enneigées et l'on revenait en portant sous les bras de grands pains noirs. Parfois, le train s'immobilisait en pleine taïga, Elias ouvrait la porte du wagon, sautait au milieu des congères, aidait à descendre celle qui l'avait emmené dans cette course au bout du monde. On entendait le crissement des pas, le chuintement de la locomotive au loin… Puis le silence se décantait, une constellation brillait au-dessus des sapins alourdis de neige, le souffle de la forêt endormie pénétrait sous leurs vêtements, la main de la femme dans sa main devenait l'unique source de vie dans le noir glacial de l'univers…

Il aurait pu me promettre une délivrance toute proche, le lendemain, par un commando cubain. Ou bien une fin stoïque, héroïque et la survie dans la mémoire des autres. Ou encore une mort indolore et une félicité future dans une vie éternelle. Rien de tout ça ne m'aurait libéré de la peur aussi pleinement que ne le fit son récit lent et calme.

Le convoi s'ébranlait, racontait-il, et il y avait ce moment d'inquiétude enfantine, la crainte de ne pas avoir le temps de monter sur le marchepied derrière la femme qu'il aimait.

Malgré l'obscurité, la tonalité de sa voix trahissait un sourire et, incrédule, je sentis moi aussi un sourire sur mes lèvres.

L'adresse qu'il m'avait demandé de retenir deviendrait, dans ma mémoire, le seul refuge sûr, le lieu où l'on revient après avoir tout perdu et où l'on est certain d'être accepté tel qu'on est.

La porte claque derrière moi et le tragi-comique de la situation est là : j'ai voulu éviter l'ascenseur de l'hôtel, l'attroupement hilare de ceux que j'appelle « gros nègres des conférences internationales », j'ai remonté à pied les neuf étages de l'escalier de service. Et je me suis trompé de sortie. Deux chambres donnent sur la terrasse du toit, la mienne et celle dont je vois maintenant l'intérieur par la grande baie vitrée. Je ne peux pas rebrousser chemin, l'issue de secours est bloquée, prévue sans doute pour les personnes qu'un incendie chasserait sur les toits où les pompiers pourraient les cueillir. Et dans la chambre que je vois de la terrasse un homme et une femme entament déjà ce qui va, de toute évidence, déboucher sur un accouplement. Pour rentrer chez moi, je devrais passer devant leur porte-fenêtre ouverte, enjamber quelques plantes dans des bacs en plastique... Impossible. J'aurais pu le faire au moment où la porte a claqué : un bafouillis d'excuses, une rapide glissade vers ma chambre... Au bout de quelques secondes, de crétin égaré sur les toits je deviens un voyeur. Les doigts de l'homme s'affairent entre les omoplates de la femme, triturent les agrafes du soutien-gorge. Nous savons faire si peu de choses originales avec nos corps... Ses mains paraissent très noires sur la peau laiteuse de la femme.

Je les connais : elle, une des organisatrices du colloque « Les destins africains dans la littérature » auquel je suis invité, lui, un dessinateur kinois. Les seins qu'il finit par dégager ressemblent à des boules de mozzarella... Je m'accroupis derrière un bac à fleurs, j'attends qu'ils éteignent et que le plaisir les assourdisse. Quatre ou cinq pas seulement me séparent de ma terrasse. Mais leur pièce est toujours éclairée et leur lit est face à la porte-fenêtre : je pourrais presque toucher, en tendant mon bras, le corps de l'homme étendu dont la femme se met à présent à embrasser le sexe...

C'est peut-être la cherté de ces costumes qui m'a fait fuir. Me retrouvant au milieu des « gros nègres des conférences internationales », je suis toujours sincèrement ébahi par la qualité de leurs vêtements. Tout à l'heure, devant l'ascenseur, c'était le même étonnement, venant sans doute des lointaines années de ma jeunesse loqueteuse : « Combien ça peut coûter, un costard pareil ? Mille dollars ou plus ? » Ma surprise n'était pas nouvelle mais, cette fois, j'ai compris qu'il fallait réagir et… j'ai fui vers l'escalier de service.

La conférence à laquelle ils participent est consacrée au développement durable en Afrique (notre colloque culturel n'est qu'une animation gratuite en supplément de ces graves débats). Ils avaient passé l'après-midi à peaufiner la terminologie : en évoquant la famine, doit-on dire « pauvreté extrême » ou « pauvreté absolue » ? « Sous-alimentation » ou bien « malnutrition » ? Bonne question car de chaque appellation dépendront les aides et les budgets… Plus tard, après un long dîner, ces experts ont afflué vers les ascenseurs, ils riaient avec la sonorité sifflante et mouillée des voix africaines éméchées, se donnaient les uns aux autres des claques dans la paume comme pour se féliciter d'une bonne blague. Je regardais leurs costumes, d'une laine très fine, et leurs nuques qui descendaient en bourrelets de graisse sur des cous épais. Je savais qu'en Afrique, plus qu'ailleurs, la réalité aime le grotesque : « malnutrition », « misère absolue » et ces nuques ! Même un journaliste très engagé – enragé – n'aurait pas osé une opposition aussi abrupte. Et pourtant… J'ai imaginé ces nuques luisantes autour de moi dans l'ascenseur, multipliées par les miroirs, j'ai eu la nausée, je me suis sauvé.

Et me voilà puni, condamné à attendre le mûrissement d'un coït. De ma cache, je vois juste le visage de la femme postée à quatre pattes, ses yeux sont à moitié fermés, sa mâchoire inférieure pend, découvrant sa langue et ses dents…

La rapide mosaïque de la mémoire restitue soudain le passé d'il y a vingt-cinq ans. Une femme violée par des soldats, mon immobilité de prisonnier, l'attente… Le kaléidoscope de la vie reproduit cette lointaine nuit dans le nord de l'Angola mais en la transformant en farce : une grosse nana, l'organisatrice des « événements culturels », se fait saillir par un jeune peintre kinois dont elle lancera une exposition à Paris ou à Bruxelles. Et moi, je suis emprisonné entre deux pots de bougainvillées. J'essaye d'en rire : l'Histoire se joue d'abord en drame et puis elle se répète, dans la bouffonnerie. Même notre petite histoire personnelle…

Dans le lit, la femme est à présent couchée sur l'homme, c'est elle qui travaille, on voit les secousses cadencées de ses jambes. Les soufflements augmentent de volume, le moment de ma libération est proche. Je me relève, prêt à bondir… Le téléphone sonne, la loi du vaudeville est respectée jusqu'au bout. Le gigotement des corps qui dénouent leur étreinte, le « chut ! » bafouillé par la femme, son toussotement pour retrouver une voix crédible. Essoufflée, elle décroche. « Oui, Christian, c'est moi… Non, je n'ai pas couru, mais il fait ici une chaleur, tu ne peux pas imaginer, ouf. Autrement, rien de spécial, tu sais, on bosse du matin au soir et comme toujours personne n'est content... Delphine va bien? Passe-la-moi. Delphinette, c'est maman... Mais non, chérie, je n'ai pas encore vu d'éléphants, mais la prochaine fois, quand tu viendras avec maman...»

Je les ai croisés à Roissy, avant le départ. Christian, le mari qui avait conduit son épouse à l'aéroport, m'a rappelé une photo: un homme pâle et maigre, un soldat âgé marchant dans la boue d'un chemin. Oui, quelque chose de candide et de suranné dans le regard, de résigné dans cette moustache tombante... Il était accompagné par leur fille, cette Delphine de six ans, et, en attendant l'enregistrement, il m'avait parlé de cette enfant, «venue sur le tard», et de leur fils de vingt-deux ans. Sa femme s'agitait dans la foule des invités, vérifiait les billets, téléphonait avec son portable... «Elle fait un boulot fou, m'a dit Christian, en levant sur moi ses yeux gris, insupportablement honnêtes. Je ne sais pas comment elle tient debout... Tous ces voyages en Afrique!» L'enfant, plongée dans sa rêverie, étalait sur une banquette une kyrielle de figurines en plastique. Ses lèvres chuchotaient un récit inaudible. Elle avait l'air d'une petite fille d'autrefois, avec cette natte claire, ce col en dentelle...

«Je t'embrasse, chérie, bonne nuit, et passe-moi

papa… Christian, s'ils n'ont pas fait le virement avant le 15, tu envoies un recommandé et puis on verra… Bon, je t'appellerai demain, là j'ai un rapport à rédiger pour le délégué général. Bisous, dors bien… » Elle raccroche et reste un moment assise sur le lit, se grattant les épaules et poussant des bâillements. L'homme se met à jouer avec la télécommande, choisit un match de football, puis des clips de musique très rythmée. La femme se colle à lui, embrasse ses mamelons, glisse vers son ventre. Il change de programme. Un concert, du Haendel, il me semble. La femme relève la tête, sa bouche est entrouverte. « La même bouche, me dis-je soudain, qui dans quelques jours embrassera "Delphinette", cette petite fille avec sa natte claire… »

Les ébats ont peine à reprendre. Le désir s'est envasé. La femme bascule lourdement hors du lit, se dirige vers la salle de bains. J'ai cru que son embonpoint faisait penser à de la mozzarella. Non, plutôt à du savon, très blanc, très gras. Ou bien au loukoum. Ses cheveux, épais et teints, ont une couleur betterave. Un visage rond, des petits yeux vigilants. Une truie, c'est ça, pour simplifier. Mais rien n'est simple. Christian, Delphinette… La porte de la salle de bains se referme. L'homme est debout devant le téléviseur. Il est revenu aux clips et se déhanche en imitant les singeries des danseurs. Je me lève, me faufile dans les branches épaisses d'un arbuste, m'allonge sur ma terrasse.

Le ciel de l'hémisphère Sud. Et là, au-dessus du port, la constellation du Loup...

Depuis longtemps, ma vie n'a pour seule logique que le jeu des coïncidences, tantôt tristes, tantôt comiques. Comme tout à l'heure, quand le souvenir d'il y a vingt-cinq ans, une nuit de grande peur dans les forêts du Lunda Norte, a trouvé soudain sa réplique bouffonne : ce bel hôtel dans une métropole africaine et mon emprisonnement devant la baie vitrée d'une chambre où une grosse fonctionnaire blanche se fait monter par un jeune dessinateur noir... Il vient de sortir pour fumer et de ma terrasse je vois sa silhouette se découper sur le mur.

Dans ma jeunesse, je croyais que l'Histoire avait un sens et que notre vie devait y répondre par un engagement. Je pensais qu'il existait le Bien et le Mal et que leur lutte, dans les temps modernes, prenait la forme de la lutte des classes. Et qu'il fallait choisir son camp, aider les faibles et les pauvres (c'est exactement ce que je croyais en venant, tout jeune encore, en Angola), et qu'alors la vie, même douloureuse et pénible, aurait une justification, devenant un destin cohérent, construit d'une étape à l'autre. Présenté ainsi, tout cela a l'air bien naïf, et pourtant j'ai vécu des années guidé par cette naïveté. Et je ne me souviens même plus à quel moment j'ai perdu la foi, pour parler pompeux. Tout simplement, derrière les grandes lois de l'Histoire, les grandes causes et les paroles superbes, je me suis mis, un jour, à distinguer le jeu malicieux des coïncidences, cette loi sournoise et moqueuse. Impitoyable pour notre amour-propre d'hommes. Oui, la seule logique est bien celle-là : à vingt-cinq ans de distance, une Noire violée par des soldats, une Blanche besognée par un Noir. Et devant l'ascenseur, cette autre coïncidence, ce diplomate congolais avec sur sa joue la trace lisse d'une ancienne cicatrice, comme sur le visage du sergent d'autrefois.

Un rappel encore plus lointain me vient à l'esprit, cette toute première image de l'Afrique, dans un livre d'enfant : un éléphant dépecé. Son énorme tête qu'un chasseur blanc foule de sa botte, la trompe, les pieds, le tronc qu'entourent des Noirs souriants et presque nus. Je me souviens du trouble qu'a provoqué en moi l'aspect très technique de ce découpage. Oui, un grand corps devenu un tas de chair dans laquelle chacun se découpera un morceau. Plus tard, l'Afrique elle-même me rappellera souvent ce grand animal débité par les fauves humains.

« Nous lançons un programme d'aide pour les illustrateurs africains, j'essayerai de t'associer à ce projet... » Les deux amants sont à présent assis sur leur terrasse. La voix de l'organisatrice est traînante, paresseuse, celle d'une femme charnellement rassasiée et qui voudrait gratifier le mâle qui l'a comblée. J'ai la même nausée que tout à l'heure, devant l'ascenseur. Et le violent dégoût non pas pour ces deux-là mais pour moi-même. J'aurais dû, pendant la conférence de cet après-midi, me lever et parler de leurs costumes ou plutôt de la graisse de leurs nuques. Oui, dire tout simplement : « Il y aura des guerres, des famines, des épidémies sur cette terre d'Afrique tant que vous, messieurs, aurez ces plis de graisse dans vos nuques… » Puis il aurait fallu monter dans la chambre voisine et dire : « Il y a dans ce monde une enfant de six ans, cette Delphinette, votre fille, que vous allez embrasser, madame, avec ces mêmes lèvres qui sucent ce sexe noir en érection… »

Je souris aigrement. Il y a vingt-cinq ans, j'aurais été capable de parler ainsi. Je croyais encore à la lutte entre le Bien et le Mal. Maintenant, ce croyant n'existe plus. Le jeu des coïncidences est un jeu cruel car il nous confronte avec ce que nous avons été et nous constatons alors qu'il reste si peu de chose de nous. Il ne reste plus rien en moi de celui qui, dans l'obscurité, cassait des bouts de fil de fer sur les poignets d'un homme envahi par la mort. Elias Almeida.

Si, ce seul souvenir peut-être, vieux de vingt-cinq ans. Vers deux heures et demie du matin, les bruits autour de notre case se turent, les soldats, fatigués par la beuverie, les viols, la fête (je découvrais que la guerre pouvait être aussi une fête), allèrent se coucher. Elias se leva et m'invita à sortir de notre prison comme si ç'avait été une maisonnette de vacances. Au garde qui braqua sur nous sa mitraillette, il dit quelques paroles d'une fermeté calme et tranchante. Et il y avait dans sa voix un tel mépris pour la mort que le soldat abaissa son arme et resta figé. La lune cernait de bleu quelques caisses vides, une roue de voiture et ce que je crus d'abord être un amas de chiffons. C'était le corps de la Zaïroise. Je savais déjà pourquoi les soldats s'étaient acharnés à fouiller dans sa bouche.

«Tu ne connais pas encore ce ciel du Sud, me dit Elias. Là, regarde, c'est la constellation que j'aime le plus. Le Loup...»

La femme se taisait car elle avait eu le temps de cacher dans sa bouche une poignée de menus diamants confiés par un creuseur. Le trafic est permanent dans ces zones frontalières du Lunda Norte. Après le viol, quand les soldats voulurent lui arracher son trésor, elle résista. Ils la tuèrent et le sergent récupéra, sans risque d'être mordu, ces granules laids comme le sont souvent les diamants bruts.

Elias m'expliqua la scène mais, démystifiée, devenait-elle moins dure, moins absurde? Plus compréhensible?

Rien n'était compréhensible durant cette nuit. Même la peur. Elle viendrait plus tard, quand je revivrais ces heures à froid, me donnant le temps de m'effrayer à l'idée de tel ou tel danger. Et j'exagérerais ma lâcheté, pour punir le jeune homme qui voulait détrousser un cadavre. La honte d'avoir tenté de voler ce stylo me poursuivrait pendant des années.

En vérité, bien plus dangereux que les soldats était, pour nous, cet adolescent ivre et drogué qui de temps en temps passait sa tête dans la fenêtre de notre cabane et nous menaçait avec son arme. Ce n'était pas un enfant-soldat, ces guerriers juvéniles allaient se répandre au début de la décennie suivante. Non, un simple orphelin, adopté par la troupe telle une jeune bête perdue. Son cirque de petit matamore amusait les combattants. Il avait ramassé, on ne sait où, un vieux masque à gaz et, à la tombée de la nuit, ce faciès hideux surgissait parfois à notre fenêtre. Les verres du masque avaient été cassés, du filtre il ne restait qu'un court tuyau, une sorte de trompe d'éléphant coupée. Nous voyions des yeux sombres, embués d'alcool et de chanvre, un rictus de haine qui se transformait soudain en un sourire d'enfant fatigué et malade. Il nous mettait en joue, hochait sa tête d'extraterrestre, visait tantôt l'un tantôt l'autre, poussait un cri qui s'épuisait dans un long chuchotement ensommeillé, et il disparaissait. On entendait, un temps, ses hurlements s'éloigner au milieu des arbres. Sa voix ressemblait curieusement au timbre haut et désespéré de la Zaïroise. À deux ou trois reprises, je crus même qu'elle revenait à la vie, puis je reconnaissais ma méprise.

J'épiai, pendant un moment, les allées et venues de l'adolescent à travers le campement. Il n'était pas là quand les soldats fouillaient la bouche de la femme tuée. Peut-être s'était-il affalé quelque part sous les arbres. Il repassa plus tard, vit ce corps immobile, crut sans doute que la femme reprenait ses forces après les violences ou dormait. Il secoua son arme pour lui faire peur et l'aborda en imitant les soldats, empoigna ses seins, écarta ses cuisses. Et se releva aussitôt, examina ses doigts en les tournant vers la lumière qui venait des tentes, puis vers la lune. Du seuil de notre cabane, le soldat qui nous gardait l'interpella, moqueur. L'adolescent s'agenouilla et se mit à frotter ses mains contre le sol. Au bout d'un moment, de nouveau affublé de son masque, il revint nous défier à la fenêtre, plus agressif qu'avant. J'étais en train de déchirer avec mes dents la corde qui serrait les chevilles d'Elias. Je sentis qu'il se tendait comme s'il avait deviné que cette fois l'adolescent pouvait vraiment tirer. Il se redressa et parla très bas, avec l'air de se rappeler une histoire oubliée. L'adolescent lui donna la réplique, retira le masque. Quand il fut parti, Elias murmura: «Son père a été exécuté, il y a deux ans… Par notre cher président, camarade Neto dont je suis le vaillant et fidèle serviteur… Tu verras, rien n'est simple ici en Afrique.»

… Durant toute ma vie je rencontrerais des connaisseurs de l'Afrique, des spécialistes qui sauraient tout expliquer. Je les écouterais, conscient de mon ignorance. En fait, je n'ai jamais pu me défaire de l'incompréhension née durant la nuit dans le Lunda Norte. Cette perplexité était peut-être aussi une façon de comprendre. Elle me permettait en tout cas de ne pas haïr l'enfant ivre qui me mettait en joue, me souriait et pouvait m'abattre pour faire taire la douleur qui l'habitait.

En vingt-cinq ans, je n'ai pas trouvé où placer, au milieu de nos belles théories, ce jeune être humain qui avait déjà violé et tué et qui me regarde souvent, dans mes rêves, à travers les verres cassés de son masque à gaz. Non, je n'ai jamais eu la prétention de comprendre l'Afrique.

Le goût de la corde humide me restait encore sur la langue quand Elias se leva, chancela et se dirigea vers la porte. Je venais de libérer ses chevilles. Oui, le goût de la corde, du sang, de la chair meurtrie. En quelques mots tranchants il écarta le garde et murmura, la tête rejetée en arrière : « Ce ciel du Sud m'a toujours semblé très proche de nous. Peut-être parce que je suis né sous ses étoiles. Regarde, là, c'est la constellation que je préfère : le Loup. »

Il avait dû sentir que dans ma jeune tête ébranlée par l'Afrique le monde se réduisait à une femme morte gorgée de plaisir d'hommes.

Les unités cubaines, arrivées dans la nuit, attaquèrent dès la première grisaille du matin. À cette heure assoupie et brumeuse (je le constaterais, un jour, dans une fusillade à Mavinga), les hommes qui tuent et ceux qui sont tués ressemblent à des esprits, le glissement vers la mort paraît moins brusque, une chute cotonneuse, l'effacement, comme sous une gomme, d'une silhouette, d'une vie.

D'excellents combattants, ces Cubains! L'encerclement fut étanche, la progression des petits commandos qui se couvraient les uns les autres, rapide et réglée telle une offensive sur un terrain de sport. Quand leurs voix retentirent près de notre prison, Elias les héla en espagnol, l'instructeur qui venait de se réveiller hurla en russe. La porte s'ouvrit et, dans la lumière cendrée du matin, la réalité se mit à estomper la fantasmagorie nocturne. Deux militaires soviétiques qui avaient pris part à l'assaut vinrent nous rejoindre. L'eau fraîche avait la force d'un antidote. Un médecin nous fit des piqûres qui sentaient la propreté alcoolisée d'un hôpital. Le monde des vivants se réinstallait en écartant le néant. Et au milieu des arbres, les prisonniers enterraient les morts. L'instructeur parlait dans un comique sabir russo-luso-hispanique et faisait rire les militaires qui l'entouraient. L'odeur épicée de la viande en conserve flotta dans l'air et me noua agréablement l'estomac.

Je vis Elias un peu à l'écart, derrière le bosquet où, sous la surveillance d'un soldat, s'affairaient deux prisonniers désignés fossoyeurs. Je m'approchai, jetai un coup d'œil dans la tombe qu'ils comblaient. Au fond de la même fosse, un corps de femme dans ses vêtements déchirés, un sein dénudé, incisé par les balles, et, serré contre elle, couché sur le côté dans un abandon très vivant, l'adolescent portant toujours son masque à gaz. Je faillis leur demander de me laisser retirer ce bout de caoutchouc de son visage mais le va-et-vient rougeâtre de pelletées recouvrait déjà presque entièrement les deux corps. « Ce n'est pas grave… », murmura Elias, et il m'entraîna vers le campement. Je pensai que ce « pas grave » était une manière un peu hâtive de m'épargner un geste inutile, une souffrance de trop. Mais en marchant il ajouta d'un ton plus ferme : « S'il n'y a rien au-delà de tout cela, les hommes ne sont que des fourmis qui rongent, s'accouplent, s'entre-tuent. Dans ce cas, rien n'est grave et on peut l'enterrer, ce gosse, sans enlever sa baudruche. S'il n'y a rien au-delà… Il faut aimer très fort pour être sûr qu'une femme n'est pas seulement un tas de viande qui va pourrir sous cette terre rouge. »

Ce fut peut-être l'unique fois que j'entendis sur ses lèvres le mot d'aimer au sens d'être amoureux, d'être pris par l'amour. Quelques années plus tard, nous nous croisâmes à Kinshasa et, le soir, il me reparla du train qui les emportait jadis, lui et son amie, à travers d'infinies forêts blanches. Il savait déjà tout ce qui les séparait et tout ce qui menaçait sa vie à lui, partagée entre guerres, révolutions et jeux d'espionnage. Mais sa voix était sereine, presque joyeuse. Il dit qu'il aurait tout donné pour la seule senteur du froid que gardait dans son tissu la robe de la femme qu'il aimait. Ils remontaient dans le train après une halte dans la taïga nocturne et pendant quelques instants, au milieu de la chaleur du compartiment, il percevait cette odeur de neige sur la laine grise de la robe. «J'aurais refait G-2!» murmura-t-il, s'inclinant vers moi et me souriant. Il avait été atrocement torturé dans ce camp de détention zaïrois. D'habitude, on y brisait les hommes en quelques semaines... Je crus alors comprendre de quel au-delà il avait parlé devant la fosse où l'on enterrait la femme aux diamants et l'enfant masqué. Comprendre aussi pourquoi l'amour rendait au monde sa gravité sans laquelle nous ne serions que des insectes pressés de jouir, de mordre, de mourir...

... C'est le moment des adieux sur la terrasse voisine. Les amants se donnent rendez-vous demain, ils iront danser au Nirvana, la meilleure boîte de nuit, selon le dessinateur. La femme, l'organisatrice, planifie : «Ils vont terminer leurs palabres vers vingt heures trente, je les conduis au restaurant et je file...» «Ils», c'est nous, une dizaine d'écrivains, vitrine culturelle pour la Conférence internationale sur le développement durable en Afrique. Et les «palabres», notre table ronde de demain: «Les destins africains dans la littérature». Les amants s'embrassent et le jeune homme s'en va, un grand carton à dessins sous le bras. Il était venu pour présenter ses dessins... Les apparences sont sauves.

Hier encore, tout cela m'aurait paru d'une totale insignifiance. Une femme blanche, la quarantaine bien sonnée, profite d'un voyage professionnel en Afrique pour nouer une liaison peu encombrante avec un jeune Africain sexuellement mieux fourni que son mari, ce Christian aux yeux honnêtes et mélancoliques. Très peu moraliste, j'aurais même trouvé ça plutôt «sympa», le bénéfice du féminisme devenu routine, la modernité décomplexée. J'aurais poussé l'ironie jusqu'à saluer ce «commerce équitable»: la dame aura obtenu sa cure de jouvence hormonale, le jeune étalon, des aides pour quelque association bidon qu'il dirige. Oui, j'aurais eu une pensée de ce genre, mi-dérision, mi-indifférence, et je les aurais vite oubliés.

Beaucoup de choses sont arrivées depuis hier. J'ai revécu la nuit du Lunda Norte, j'ai revu l'adolescent au masque à gaz, d'abord ce jeune fier-à-bras qui nous menaçait, ensuite l'enfant recroquevillé dans une tombe de terre rouge, collé à une femme à la poitrine éclatée. Je me suis rappelé les paroles d'Elias qui m'avait raconté, un jour, les tortures dans le camp G-2: «On nous accrochait par les poignets et on nous tordait le corps. À un moment, la douleur était telle que tu avais vraiment l'impression que des ailes te poussaient entre les omoplates et qu'on te les arrachait. Et tu perdais connaissance…»

Oui, j'ai retrouvé dans ma mémoire le visage et la voix d'Elias Almeida. Depuis de longues années, je fuyais ces retrouvailles, j'en avais peur. Maintenant son regard se pose sur la vie, sur moi, sur cette femme blanche et cet homme noir qui viennent de jouir et de se quitter. La femme a pris sa douche, s'est couchée, a griffonné quelques lignes dans son carnet (elle note sans doute les circonstances de toutes ces liaisons pendant ses voyages en Afrique). La veille, j'en aurais ri. Maintenant, grâce au regard d'Elias, je sais : tandis qu'elle dansera demain avec son gigolo, on creusera une tombe pour y enterrer une femme aux seins déchirés et un enfant sans nom. Et au même moment, dans un sous-sol d'où aucun cri ne sort, un homme suspendu à un crochet par les poignets ne sentira même pas la brûlure du mégot qu'un militaire lui écrasera sur le cou. Oui, au même moment, car tout cela se produit sans relâche sur cette terre d'Afrique. «Les destins africains dans la littérature»…

Pour répondre à la voix d'Elias, il faudrait pouvoir dire cette terrible synchronie des vies humaines. Parler de la nuit du Lunda Norte, des méchants petits granules de diamants qu'un soldat arrachait de la bouche d'une femme qu'on venait de violer et d'abattre, parler de cet astérisque sur la joue du soldat et de la cicatrice assez semblable sur le visage bien rasé d'un «gros nègre des conférences internationales», ce soir, près de l'ascenseur, et de l'adolescent dont la main gauche aux doigts très fins avait disparu en dernier sous les pelletées de terre rouge, et de cette fonctionnaire blanche qui, en reconnaissance des services rendus, organisera une exposition de son amant africain qui dessine des enfants souriants, parler de cette petite fille de six ans, cette Delphinette qui ne sait pas encore que sa mère peut être aussi ça : une tête ébouriffée plongée entre les cuisses d'un mâle en sueur, parler d'un homme aux omoplates tordues par l'estrapade et qui perd connaissance avec l'impression d'avoir des ailes... Et de ce jeune Angolais qui, dans le compartiment d'un train, ne quitte pas des yeux une femme dont la robe garde dans ses plis la senteur d'une forêt enneigée. Parler de cet homme qui aimait.

Une semaine après notre libération, je revis Elias à l'aéroport de Luanda. Le collègue qui l'accompagnait l'appelait d'un prénom que je ne connaissais pas. Un des noms sans doute qu'Elias avait portés durant sa vie, durant ses vies plutôt. Quand nous restâmes seuls, il s'exclama en se frappant le front: «Tu vois, j'avais complètement oublié... Tiens, il est à toi, garde-le. Il est bien plein maintenant!»

C'était le stylo que j'avais tenté de lui voler… Cette plume traverserait vingt-cinq années d'errances et d'oubli, me serait plusieurs fois confisquée, avec d'autres objets personnels. Mais je réussirais toujours à la retrouver.

C'est avec le vieux stylo d'Elias Almeida que je prends à présent ces notes.

II

L'oiseau qu'il avait soigné parvint, ce jour-là, à rester en vol avant de retomber gauchement. Il le ramassa et vit dans l'œil brillant de la bête le reflet de la joie craintive qu'il éprouvait lui-même : cette boule de plumage va donc bientôt monter dans le ciel !

Il avait onze ans en 1961. Le soulèvement contre les Portugais venait d'être écrasé. Comprenait-il ce que cela signifiait ? Savait-il que des villages avaient été brûlés au napalm et que les Américains avaient fourni des bombardiers ? Que des têtes humaines, empalées, se momifiaient le long des routes ? Que, pour récompenser l'armée victorieuse, on avait ouvert des bordels où l'on entassait de jeunes Angolaises en les triant comme du bétail ?

Sait-on, comprend-on et surtout veut-on comprendre ces jeux d'adultes quand on a onze ans ? Elias ne se rappelait plus si les horreurs de l'année 1961 lui avaient été connues à l'époque ou contées plus tard par les amis de son père. Il se souvenait de l'oiseau, de son premier vol hésitant.

Il savait en tout cas que son père s'était enfui au Congo pour se battre aux côtés de Lumumba, un Noir qui parlait d'égal à égal aux Blancs. Il savait que son père était un héros car il voulait rendre libres les *contratados*, ces forçats serrés dans des camions grillagés, sur les routes calcinées de soleil. Son père luttait pour que les Noirs puissent venir librement dans les villes où vivaient les Blancs, dans cette ville de Dondo où la mère d'Elias allait travailler et qu'elle quittait à la tombée de la nuit. Après le départ du père, ils s'étaient, eux aussi, enfuis de la capitale et au bout d'un long vagabondage avaient échoué dans ce baraquement vermoulu, sur la berge du Cuanza, à la frontière de la ville des Blancs.

La vie de son père était vouée au bonheur du peuple. Elias avait entendu cela de la bouche des gens qui venaient chez eux avant la révolte. Moins clair était le nombre de malheurs que ce grand bonheur futur apportait. Les cadavres d'Angolais que les soldats laissaient dans les rues. La fuite du père. Et, une nuit, ces sanglots, les larmes de sa mère si forte et joyeuse qu'il la croyait incapable de pleurer. Le travail était dur dans l'entrepôt de textiles où elle rangeait les coupons. C'est ce qu'elle lui avait raconté… Mais un soir elle rentra plus tôt que d'habitude, s'assit sur le seuil de leur case et regarda son fils comme s'il avait été adulte. « J'en ai assez de ces ivrognes blancs, de leur alcool, de leurs dents gâtées… » Elle le murmura et tout de suite, comme pour se rattraper, se mit à parler des jours lointains où elle attendait le retour des pêcheurs sur l'île de Cazenga. Elias sentit une fissure de mensonge dans ces souvenirs heureux mais ne perçut pas ce qui clochait. Sa mère était une simple fille de pêcheur, pensa-t-il, et son père un homme qui savait lire et écrire et dont les traits étaient si fins qu'on le prenait pour un métis. C'est ça peut-être qui pouvait tout expliquer. Le père se battait pour le bonheur du peuple et la mère était ce peuple ignorant, apeuré… Violemment, Elias eut envie d'être parmi les compagnons d'armes de son père, loin de cette masure qui sentait l'eau croupie.

… Des années plus tard, devenu un « révolutionnaire professionnel », d'après le jargon idéologique de l'époque, il se rappellerait ce moment où pour la première fois il avait méprisé le peuple avec la morgue de celui qui veut construire, pour ce peuple, le paradis sur terre. Il se dirait que toutes les dictatures prenaient naissance dans ce noble dédain.

Mais ce soir-là, à Dondo, il était trop jeune pour le savoir. Dans sa tête se bousculaient des bribes de pensées discordantes : cette faille de mensonge qu'avaient trahie les paroles de sa mère, le bonheur futur qui demandait tant de sacrifices, le temps d'avant la révolte (il se l'avouait à contrecœur) plutôt doux dans leur maison à Luanda… Et ce boulanger, un Blanc, qui, un jour, lui avait donné un petit pain rond saupoudré de graines de pavot. Elias ne voulait pas ranger celui-là parmi tous ces Portugais qu'il fallait, selon le père, chasser ou tuer. Et aussi la voix de sa mère qui murmurait, maintenant, la complainte chantée d'habitude par les *contratados* encagés dans leurs camions. Comment démêler tout ça?

Il s'accroupit et cacha son visage là où ce monde embrouillé n'existait pas, dans le creux chaud et tendre du coude de sa mère. La vie y coulait, sommeilleuse, bercée par le battement du sang, une vie tout autre, sans les rictus des morts sur les routes, sans mensonge. Dans la tiédeur lisse de ce bras durait une nuit odorante qui l'enveloppait tout entier, son visage, son corps, ses angoisses. Il entrouvrait les yeux et ses cils caressaient la peau de sa mère et ce bras replié frémissait légèrement sous la caresse. Ce bonheur-là était simple et n'exigeait aucune explication, comme la fraîcheur qui montait du Cuanza, comme ce long semis d'étoiles au-dessus de la maison. Elias sentit sur ses lèvres les paroles qui allaient dire et ce bonheur et l'amour que son visage trouvait dans la douceur de ce creux du coude… Mais les mots parurent inutiles. Rien n'exprimait mieux la joie de cet instant que les petits mouvements de l'oiseau qu'il cachait sous sa chemise. Les ailes bougeaient légèrement, le chatouillaient et, de temps en temps, il sentait le minuscule staccato du bec contre sa poitrine.

Deux jours plus tard, il dut déjà courir pour suivre le vol de son oiseau. Quand, hors d'haleine, il s'arrêta l'oiseau se posa aussi, puis sautilla vers lui, se blottit contre ses pieds. Il vit alors qu'ils avaient dépassé la frontière de la ville des Blancs. Cela lui fit peur et aussi l'amusa : quelle folle liberté pour ces deux ailes chétives ! Bientôt elles survoleraient cette ville interdite et même le fleuve, battraient l'air d'un autre pays, du Congo peut-être... Quant à lui, quelques pas de plus pouvaient lui coûter la vie. Les patrouilles tiraient sans trop parlementer, surtout à la nuit tombante.

Pour les éviter, il suivit les eaux du Cuanza et dut, à un moment, contourner une longue bâtisse sur des pilotis enfoncés dans le sable de la berge. Des voix portugaises, des rires rêches se mêlaient au raclement des poêles, au chuintement rageur de l'huile sur le métal surchauffé. L'odeur du poisson frit réveilla sa faim. Derrière les fenêtres ouvertes, les hommes mangeaient, vidaient des verres de boisson foncée, s'interpellaient, se curaient les dents. Des Blancs surtout, quelques métis, presque tous vêtus d'uniforme. Certains accompagnés de femmes noires qui gloussaient, se léchaient les doigts brillants de graisse, rajustaient leur coiffure. Il n'y avait pas une seule femme blanche.

Soudain, Elias vit sa mère...

L'homme qui était assis à côté d'elle était un militaire portugais, plutôt petit et laid. Et cela était incompréhensible car les Blancs, par nature, sont beaux, élégants et tellement supérieurs aux Noirs. Elias n'en avait jamais douté, comme on ne doute pas de l'éclat du soleil, de la coulée des fleuves. À présent, la laideur de cet homme aviné éclatait aux yeux : un uniforme gondolé sur un corps trapu, des lèvres sans forme collées au verre sale puis étirées dans un sourire, dans un bafouillis de mots... Et le sourire de la mère qui la rendait méconnaissable. Laide... Et les doigts de l'homme, courts, charnus, qui serraient le bras de la mère, ce pouce enfoncé dans le creux de son coude !

L'oiseau bougea sous sa chemise et brusquement s'échappa, voleta entre les pilotis de la bâtisse, se posa, caché derrière un arbuste. Elias se lança à sa poursuite au milieu de la forêt morte des poteaux couverts d'algues, trébucha, s'écorcha le front contre une poutre. Dans l'obscurité, il lui sembla que l'oiseau l'épiait, moqueur. Il entendit son pépiement, s'avança en se courbant, puis se précipita vers une boule noire qui s'écartait d'un pilotis. Ses mains la saisirent et tout de suite lâchèrent prise, avec dégoût. C'était un pigeon mort à moitié mangé par les rats. Il courut de nouveau, glissant sur les amas d'écailles de poisson, sur des traînées d'ordures. Les pilotis l'entouraient, se resserraient sur lui, lui barraient le passage. Il tomba et, se relevant, constata qu'il pataugeait dans l'eau du Cuanza, dans la vase où ses pieds s'enfonçaient lentement. Il comprit aussi qu'il ne cherchait pas à rattraper son oiseau car la bête était déjà revenue et, obéissante, restait accrochée à son épaule. Non, dans sa course essoufflée, il avait cherché cette rangée de fenêtres qui, sur une galerie en bois, surplombaient la berge. Cette fenêtre-là dont il atteignit l'appui en arrachant ses pieds à l'argile. Tout à l'heure, il avait vu sa mère et le militaire se lever de table, quitter la salle, sortir sur la galerie. Puis cette fenêtre s'était allumée…

Maintenant, à l'intérieur d'une petite pièce aux murs jaunes, il y avait une femme noire assise sur le lit. Nue et immobile, très droite. Devant elle, un homme sautait à cloche-pied, rageusement. Le haut de son corps était déjà dévêtu et il luttait contre son pantalon où l'une de ses jambes s'était embrouillée. Son visage était très bronzé, comme son cou et ses mains, mais sa poitrine, son ventre paraissaient d'une blancheur fripée. Il exécutait sa danse sautillante, chuintait des jurons. «Comme un singe…», penserait plus tard Elias en se disant que c'étaient d'habitude les Noirs qu'on comparait à cet animal. Pour l'instant, il était incapable de penser, de comprendre. Il fixait la femme immobile qui ressemblait à une statue de bois noir et lisse. Elle ne regardait pas l'homme embrouillé dans ses vêtements, ni les murs de la chambre, ni la fenêtre. Ses yeux voyaient ce que personne ne pouvait voir. Elle ne souriait pas. Et sa beauté effaçait le reste du monde.

L'homme finit par se dégager de son pantalon, se dressa nu sur ses jambes courtes et courbes. Hideux. Aborda la femme, lui empoigna les avant-bras, la renversa sur le lit…

La fenêtre glissa lentement vers le haut. Elias sentit ses pieds s'enfoncer dans la vase fraîche, jusqu'aux chevilles, au-dessus des chevilles. L'oiseau s'envola de son épaule, disparut au milieu des pilotis. Une barque passa sur le fleuve, les voix résonnèrent tout près, d'autres paroles leur firent écho, venant de la rive. Des faisceaux de torches électriques sabrèrent le noir. Des pas émirent une rapide série de ventouses arrachées sur l'argile de la berge…

Il courait, tombait, se cachait en remarquant son ombre qu'une torche projetait sur un mur, sur un arbuste. La frontière du bidonville était toute proche. Il la dépassa et s'affala derrière un muret en torchis. Au loin, des coups de feu percèrent la nuit, puis le silence l'entoura, il n'entendait plus que les battements de son cœur qui répondait étrangement au scintillement rythmique des étoiles au-dessus de sa tête.

Au matin, il observa sa mère et ne vit rien qui ressemblât à la statue de bois noir dans la chambre jaune. Seul ce regard peut-être qui sondait parfois un abîme ignoré des autres.

Il vécut les jours suivants avec l'espoir fiévreux de noyer son visage dans le creux du coude chaud et tendre et d'oublier ainsi tout ce qu'il avait vu, de faire évanouir la bâtisse sur les pilotis, l'homme-singe sautant à cloche-pied…

Mais, à peine une semaine plus tard, un ami de son père vint les voir, en messager. Dans le chuchotement des adultes, Elias apprit la mort de Lumumba, la cavale du père et surtout la nécessité, pour eux, de fuir Dondo le plus vite possible.

Cette alerte était tardive. Le lendemain soir, en rentrant de la pêche, Elias trouva leur case vide. La police avait arrêté la mère dans une rue de la ville.

Un temps, les empreintes des pas de sa mère resteraient visibles sur la terre poudreuse autour de leur maison. Il marcherait précautionneusement pour ne pas les effacer. Puis une averse balayerait toutes les traces.

L'astuce fut de pénétrer dans la ville des Blancs en portant cette vieille cage à oiseau. Il l'avait trouvée dans une décharge et restaurée avec des tiges de bambou. Les policiers finirent par s'habituer à la vue de ce jeune Noir qui, interrogé, répondait : « *Senhor* Oliveira m'a dit d'emmener son oiseau chez un vétérinaire… »

Il dépassait les galeries marchandes, le bâtiment des Postes et, caché derrière un arbre, se mettait à surveiller l'entrée de la prison. À la chute du jour, quand les passants se faisaient rares, il grimpait sur une fourche que formaient deux grosses branches, accrochait sa cage au milieu des feuilles et se figeait, le regard hypnotisé par l'attroupement compact derrière la haute clôture.

« On peut donc tuer un être humain sans lui enlever la vie », pensait Elias en observant cette masse de corps à peine couverts de lambeaux. Pas besoin de les vider de leur sang, de les démembrer. Il suffisait de les affamer, de mélanger femmes et hommes, vieux ou jeunes, de les obliger à faire leurs besoins devant les autres, de les empêcher de se laver, de leur interdire la parole. En fait, d'effacer tout signe d'appartenance au genre humain. Un cadavre était plus vivant qu'eux car, dans un mort, on reconnaît toujours un homme.

La masse, indistincte, remuait lentement, se transvasait d'un mur de la cour à l'autre. Si sa mère avait surgi à ce moment, seule, à l'écart de ces corps agglutinés, s'il l'avait reconnue, il aurait cessé d'exister, calciné par la douleur. Il serait devenu l'écorce craquelée de l'arbre, la grande pierre ronde sur laquelle il mettait le pied pour grimper... Heureusement, la distance transformait les prisonniers en un magma de cellules anonymes. Pourtant, il n'avait que cet espoir: revoir sa mère.

Un soir, il buta encore une fois contre la limite instable de la vie. Se hasardant jusqu'à l'entrée de la prison, il vit à travers la grille un homme étendu dans la cour. Encore vivant car ses bras se mouvaient de temps en temps, ses mains glissaient lentement sur son corps. Comme s'il voulait vérifier, sur sa peau nue, l'état des blessures qui brillaient sous le frétillement des insectes. «Pire que la mort...», pensa Elias, ressentant dans son corps à lui, sous sa peau, la brûlure de cette agonie grouillante. Et il se dit qu'il n'aurait pu vivre une minute avec de pareilles blessures infestées de vermine.

La vue de ce corps entamé par la décomposition fit de lui un somnambule qui s'écarta de la grille, souleva sa cage, marcha d'un pas lent, mécanique. Il ne remarquait plus les passants, ne cherchait pas à éviter les patrouilles. Avec une acuité d'halluciné, il imaginait sa mère près de cet homme à moitié nu, aux plaies noires et grésillantes de mouches. Et se disait que sur cette terre il devait absolument exister un endroit où sa mère et ce prisonnier auraient pu se réfugier pour suspendre, ne fût-ce que le temps d'un soupir, leurs souffrances. Il devait y avoir un être qui les y aurait accueillis…

La cathédrale de Dondo, massive comme un château fort, était à cette heure-ci déserte et silencieuse. Elias entendait l'écho de ses pas sur le dallage et même, lui sembla-t-il, la cadence de son cœur amplifiée par la hauteur de la nef. La statue de la Vierge paraissait translucide tant sa dorure était astiquée. Il eut de la peine à discerner l'expression du visage au milieu de ce scintillement, scruta l'abaissement des cils, le pli amer des lèvres…

Il priait comme un enfant qui n'avait jamais appris à prier. Seule cette vision se mettait en mots : « Je veux que ma mère soit assise, le soir, sur le seuil de notre maison, je veux cacher mon visage dans le creux de son coude. » Les paroles, maladroitement chuchotées, essayaient de le dire à la statue de la femme aux cils baissés, aux lèvres amères. Autrefois, dans un film, dans une salle de cinéma à Luanda, il avait vu la prière d'un homme exaucée. Cela arrivait aussi, il le savait, dans les livres…

Le cri du prêtre fut bref et rauque. Elias sauta sur ses pieds et courut vers la sortie, la tête courbée pour éviter un nouveau coup de bâton. La canne du *padre* Anibal frappait les dalles d'un tambourinement coléreux, accompagnant la fuite jusqu'au grincement de la grande porte.

Le père Anibal n'était pas un homme dur. Tout simplement, il eut peur. C'était l'instant où, chaque jour, il repassait par la cathédrale avant d'aller méditer dans le grand jardin de son presbytère. Il était déjà plongé dans sa rêverie quand ce jeune Noir bondit devant lui. D'ailleurs, même avant d'être effrayé, le prêtre avait senti dans le vide de l'édifice une intensité angoissante, une densité insolite au milieu de cet air chargé de prières muettes, anciennes ou récentes. Il savait ce que les gens demandaient d'habitude au ciel. Cette fois, la vibration laissée par des paroles silencieuses était différente. La cathédrale était pourtant déserte. Il avait fait quelques pas et soudain avait trébuché en renversant un grand panier. Non, une cage à oiseau! Des trilles stridents, des claquements d'ailes et surtout la brusquerie de ce jeune Noir maigre qu'il avait pris d'abord pour un chien embusqué. Il frappa, jura pour dissimuler sa peur… Installé dans son jardin, il repensa, gêné, à l'extraordinaire tension qu'il avait sentie, tout à l'heure, sous la nef.

Ce lien unissant celui qui prie et celui qui reçoit la prière. Et lui, le prêtre, le confident des deux. Dans sa jeunesse, il y croyait vraiment… Il ne savait pas ce qui troublait le plus sa méditation, ce soir-là : son incroyance forgée, à la longue, au contact de la bêtise et de la cruauté des humains ou bien le visage de cet enfant qui s'enfuyait, sa cage à oiseau sous le bras.

On ramena la mère à la maison deux jours plus tard. Elias n'eut pas le temps de penser à la prière exaucée car la femme qu'on déposa, comme un objet, sur le lit bas ressemblait très peu à sa mère. On eût dit que de la masse durcie des prisonniers une lame avait découpé ce fin copeau humain. Ses bras, réduits au profil des os, n'étaient plus noirs mais gris. Une clavicule, cassée, saillait sous un pansement sale. La bouche semblait très fine, très longue à cause du sang séché qui étirait les commissures des lèvres. Le creux du coude qu'Elias toucha avec son front restait froid.

On s'était débarrassé d'elle car les autorités ne voulaient pas que l'épouse d'un opposant connu décède en prison. Après des mois de massacres, on cherchait à calmer le jeu, à éponger le sang, à se montrer humaniste devant l'opinion internationale. Les Américains, dont les avions, quelques semaines auparavant, bombardaient les camps des insurgés, se mettaient maintenant à parler de démocratie, de décolonisation…

À la fin de la deuxième nuit, l'oiseau s'agita fiévreusement dans sa cage. Elias se leva, le prit dans ses mains, essaya de l'apaiser. Mais la bête se libéra, s'envola vers la porte, resta un moment sur le battant ouvert, puis se fondit dans le noir… La mère mourut avant le lever du soleil, pendant qu'il était allé puiser l'eau dans le Cuanza. Le fleuve était légèrement rosi par l'aube et l'on pouvait presque croire que ce monde existait pour la joie des vivants.

Le père Anibal, accompagné de deux séminaristes, vint chercher Elias une semaine plus tard. Le souvenir du jeune nègre qu'il avait chassé à coups de bâton le peinait, il décida de réparer le mal. Elias écouta en silence les propositions du prêtre (des ordres, en fait, auxquels il fallait tout simplement obéir), mais sa pensée revenait vers les pages d'un livre que sa mère lui avait lu, jadis, dans leur maison de Luanda: un prêtre remettait sur le droit chemin un jeune vagabond et alors s'ouvrait devant celui-ci un horizon lumineux de promesses… Le lendemain, Elias fut admis à la «Mission», l'internat où il vivrait et étudierait pendant quatre ans. Son horizon serait ce titre glorieux: *assimilado*. Ce qui signifiait, il le comprendrait assez vite, que lui, le nègre, à peine différent d'un singe, pourrait un jour accéder au monde des Blancs.

Il apprenait avec acharnement, avec l'obstination d'un drogué qui ne peut qu'augmenter ses doses pour obtenir l'oubli. À son âge, il avait déjà tout un monde de sang et de mort à oublier.

D'ailleurs, tant qu'il n'avait pas acquis son titre d'assimilé, il avait intérêt à ne pas trop s'éloigner de la Mission, car une fois dehors, il redevenait «un jeune nègre qui a le culot de se promener dans la ville des Blancs». Il valait mieux ne pas quitter le cocon et préparer, telle une chrysalide, sa mue d'homme civilisé.

À quatorze ans, en plus du portugais, il parlait l'espagnol et le français, lisait le grec et le latin. Il lui arrivait de surprendre le père Anibal en citant des philosophes que celui-ci n'avait jamais lus et dont, parfois, il ne connaissait même pas le nom. Un jour, le prêtre se fâcha pour de bon. Ils parlaient de l'histoire de l'Église et Elias évoqua le pape Célestin V, ce pape-moine qui refusait le luxe et l'apparat dont s'entouraient ses prédécesseurs, un homme humble et qui l'avait payé de sa vie. Un homme qui, s'il avait vécu aujourd'hui, n'aurait pas toléré la richesse éhontée des uns et la misère des autres… Le père Anibal s'emporta, agita sa canne, Elias pensa même qu'il allait le frapper. « Tu as bourré ta pauvre tête de nègre de trop de choses ! Tu confonds tout ! Célestin est un saint. Et pour porter la parole de Dieu aux peuplades comme la vôtre, l'Église avait besoin de guerriers ! Si l'on ne vous avait pas christianisés, vous seriez encore à vivre dans les arbres ! »

C'était un sanguin, Elias le savait, un sanguin peu rancunier et qui se repentait vite de ses coups de colère. Le lendemain, pour s'amender, le père Anibal l'emmena à une réception donnée par les autorités de la ville. Dans la grande salle ornée de drapeaux portugais, Elias resta à l'écart des robes élégantes et des uniformes bariolés, près de la fenêtre d'où parvenait le souffle du Cuanza. Les invités qui croisaient son regard devaient se demander s'il s'agissait d'un domestique ou d'un jeune métis venu ici avec son géniteur blanc. « Ils constatent que je n'ai plus ma queue de singe, pensa Elias avec un sourire, et ils se disent que dans quelques années je saurai peut-être manger avec une fourchette… »

En suivant le va-et-vient des uniformes, il se souvint de la chambre jaune dans la longue bâtisse sur pilotis.

Probablement, l'un de ces militaires y était venu, un soir, pour saillir une belle femme noire… Les invitées blanches étaient, pour la plupart, petites et maigres, parfois au contraire obèses, et alors elles se plaignaient bruyamment du climat. Les unes comme les autres serraient leur verre avec un doigté particulier qui l'étonna : on eût dit des serres de rapace, une prise ferme, avide. Il se dit que pour atteindre ce qu'elles avaient atteint dans la vie, il fallait être justement doté de ces phalanges crochues, dures… Il y avait dans l'assistance aussi quelques métis. Ils étaient habillés avec plus de soin que les Blancs et paraissaient continuellement aux aguets. Quand on leur adressait la parole, ils se tendaient, presque au garde-à-vous, et répondaient dans un portugais tellement correct qu'il en devenait sans goût, en articulant exagérément les syllabes comme font les bègues rééduqués.

« C'est ce qui pourrait m'arriver de mieux… », pensait Elias en scrutant leurs visages lisses, figés, leurs yeux inquiets. Oui, avec une application surhumaine, à force d'innombrables bassesses et hypocrisies, il avait quelque chance de rejoindre le cercle envié des métis. Vivre dans l'angoisse permanente de ne pas perdre son rang, de ne pas s'abaisser jusqu'au nègre, d'être plus blanc qu'un Blanc…

Le soir, après la réception, le père Anibal lui fit l'honneur de son jardin. Ils étaient assis dans des fauteuils d'osier, une tasse de thé à la main. Le prêtre était d'excellente humeur, celle d'un curé jovial qui a bu du bon vin, s'est montré aux gens du monde et a été apprécié pour son éloquence. «Tu vois, disait-il à Elias, Dieu aime tellement ses créatures qu'il les autorise même à commettre le mal. Oui, Dieu leur laisse même cette liberté, tant son amour est grand. Et c'est pour cela que les guerres, les famines, les crimes existent…» Il regrettait sans doute son emportement de la veille et voulait maintenant démontrer ses capacités doctrinales. Son regard était doux, rêveur quand il parlait des guerres et des famines tolérées par Dieu.

«Je pourrais aussi devenir prêtre», se dit Elias. Et il imagina un beau presbytère, un jardin comme celui-ci, flamboyant de bougainvillées, mais surtout cette sérénité : rien ne se passe ici-bas sans la volonté du Seigneur. Il comprit soudain que ce Dieu-là lui était haïssable car il autorisait ses créatures à casser la clavicule d'une femme. Cette fine clavicule brisée était suffisante pour rejeter ce monde et son créateur!

Elias l'éprouva avec une telle violence, avec un tel sanglot étouffé dans sa gorge que le prêtre qui venait de s'endormir dans son fauteuil s'éveilla comme si l'air avait changé de consistance. Il se secoua, bâilla, caressa son chien venu se frotter contre ses genoux. «Il boite depuis deux jours, mon brave Boko. Tu le montreras demain au vétérinaire, d'accord?»

Les policiers abordèrent Elias tout près de la maison d'Antonio Carvalho, le vétérinaire. Il fallut s'expliquer. En reprenant la route, Elias se dit avec cette ironie amère qui l'aiderait beaucoup dans la vie: «Boko est déjà un *assimilado*…»

L'état de santé du chien nécessita un traitement long et deux piqûres hebdomadaires. Le prêtre accepta cette version en toute confiance. Elias venait chez le vétérinaire, laissait Boko gambader dans le jardin et, le cœur battant, se mettait à écouter ce Blanc étrange, ce Portugais qui voulait changer le monde. Carvalho était marié à une Angolaise, situation pas si rare que ça pour un colon. Ce qui était rare, c'est qu'il n'avait pas fait de son épouse noire une domestique. «Tu vois, Elias, c'est elle qui nous accueille dans son pays, pas le contraire. Un jour, il faudra que les Blancs le comprennent. Oui, il nous faut une vraie révolution dans les esprits…»

C'est chez lui que pour la première fois Elias lut les ouvrages de Marx. Et crut y trouver ce qui douloureusement lui manquait: la certitude que l'univers des humains n'était pas fatal ni irrémédiable et qu'on pouvait donc le transformer, le rendre meilleur, en extirper le mal. On pouvait effacer de ce monde la chambre aux murs jaunes où un homme nu et laid sautillait devant une femme qui lui vendait son corps pour le prix d'un repas. Dans ce monde transfiguré, un homme couvert de plaies noires ne serait pas abandonné au milieu d'une cour de prison bondée d'ombres humaines. Et il n'y aurait pas cette fine clavicule de femme, cette fragilité cassée par une botte de soldat… Des années plus tard, il étudierait Marx à Moscou, en débattrait avec ses camarades. Mais sa première lecture resterait la plus vivante grâce à cette promesse de lutter contre le mal que Dieu tolère.

Carvalho avait connu le père d'Elias mais une grave divergence idéologique les séparait. Le vétérinaire affirmait que selon Lénine la révolution ne pouvait pas être victorieuse sans que se crée, auparavant, une situation révolutionnaire. Il fallait donc attendre, préparer le terrain, élever la conscience politique des masses. Le père, lui, suivait une ligne volontariste prônée par Trotski, espérait vaincre à l'aide d'un petit noyau de révolutionnaires coupé du peuple. Lénine appelait cette stratégie « maladie infantile du gauchisme »…

Une confidence marqua Elias bien plus que ne le firent tous ces distinguos théoriques : Carvalho restait en contact avec les camarades du père et, de temps en temps, recevait chez lui ses agents de liaison.

L'un d'eux se cacha plusieurs jours dans la maison du vétérinaire au début de l'année suivante, 1965. Elias le rencontra, écouta le récit de leur lutte dans l'est du Congo. Sa décision fut prise au cours de deux nuits sans sommeil : il partirait avec l'agent de liaison pour rejoindre les compagnons du père. Il ne pouvait plus attendre que cette fameuse « situation révolutionnaire » daigne se mettre en place. Car le cœur de la révolution battait déjà quelque part dans les ténèbres de la jungle congolaise.

« Le cœur de la révolution », « les ténèbres »... Il avait quinze ans et c'est avec ces mots-là qu'il imaginait le monde. Mais, surtout, il voulait que son père sache comment la mère était morte.

III

Le cœur de la révolution battait donc ici : dans ce village de l'Est congolais, au milieu des collines du Kivu. Avant d'y arriver, Elias imaginait le fracas des armes, des visages burinés par les combats, des discours enflammés, l'héroïsme et le sacrifice, les paroles murmurées juste avant la mort, des guerriers aux traits fiers et virils. La révolution…

Sa première vision ne ressemblait à rien de tout ça. Deux femmes préparaient le repas devant une case et se disputaient placidement, sans cesser de pétrir la pâte sur la planche nue de la table. Il ne connaissait pas leur parler et cela rendait la scène encore plus commune, elle aurait été la même en Angola ou ailleurs, dans n'importe quel autre pays, en n'importe quelle langue. L'une des deux femmes était grande et mûre, très charnue. Ses gros seins presque nus et tachés de farine surplombaient lourdement la table et s'entrechoquaient à chaque mouvement des bras. La seconde était toute jeune, au corps lisse, à la croupe souple. Sur une corde, le linge séchait, un mélange presque familial de chemises d'hommes, de serviettes, de sous-vêtements de femmes…

Engourdi par la fatigue d'un long voyage, Elias allait et venait avec le sentiment d'avoir pénétré derrière les coulisses de la révolution, là où ses acteurs se préparaient à des actes de bravoure, à des faits d'armes flamboyants. Dans la cantine en plein air, un soldat dormait, assis à une table, le front pressé contre les grosses planches sur lesquelles s'étalait une kalachnikov démontée. Une des pièces avait roulé par terre. Elias la ramassa, la posa discrètement au milieu de ce Meccano de guerre… Un autre, installé au milieu des arbustes, haranguait ses auditeurs. Elias s'approcha pour l'écouter et vit qu'il n'y avait personne face à ce tribun. Il parlait dans le vide, son regard béat nageait dans un nuage de fumée odorante, légèrement amère. La même, pensa Elias, qui enveloppait, le soir, les enfants des rues, les petits fumeurs de chanvre, dans le bidonville de Dondo… Un jeune combattant traversa la cour d'un pas très résolu en ajustant une mitrailleuse sur son épaule, comme si d'une seconde à l'autre il allait s'engager dans une bataille, puis s'arrêta, se mit à bavarder avec les deux cuisinières, à rire…

La vie dans cette arrière-cour de la révolution semblait être un jeu dont Elias ne saisissait pas encore le sens. Son père devait revenir, lui avait-on dit, le lendemain matin et il saurait sans doute expliquer l'étonnant mode de vie de ces rebelles en vacances. Elias avait déjà noté une foule de bizarreries : la harangue du tribun drogué, le rire inattendu du jeune mitrailleur… Et la nuit, dans la pièce voisine, ce lourd combat des corps accouplés, un acte très banal et correspondant si peu à la pureté passionnée qu'évoquait pour lui la révolution. Dans la phosphorescence de la pleine lune, il voyait le bas d'un châlit et deux paires de pieds, de plantes de pied qui bougeaient suivant le plaisir. À un moment, le pied droit de l'amant s'agita frénétiquement, creusa le matelas. C'était comique. « Le plaisir est risible quand rien d'autre ne nous unit », pensa Elias. Les orteils se crispèrent, comme dans une crampe, puis se relâchèrent. Tout était exprimé par ce pied, du désir fébrile jusqu'à cet amollissement final. L'amante était cette grosse cuisinière qu'il avait vue en arrivant. Il était assez âgé pour deviner qu'au milieu de tant d'hommes seuls, la présence de femmes pareilles était inévitable. Mais il ne comprenait pas pourquoi le rêve révolutionnaire n'avait pas encore appris à ces hommes et à ces femmes à vivre un amour différent de ce bref gigotement essoufflé.

… Bien des années plus tard, la naïveté de la question lui reviendrait à la mémoire et il se dirait que cette réflexion d'adolescent sur la révolution et l'amour n'était pas si bête que ça. Car à quoi servent les soubresauts libérateurs s'ils ne changent pas radicalement notre façon de comprendre et d'aimer nos semblables? Il se rendrait alors compte que depuis cette nuit de pleine lune, l'amour était devenu pour lui un critère secret, une pierre de touche pour juger toute activité humaine sur cette terre.

Elias crut d'abord qu'il s'agissait d'un voleur : dans la brume du petit matin, un homme longea la case voisine, poussa discrètement la porte, puis ressortit et se regarda dans le rectangle du miroir fixé près du chambranle. Il lissa ses cheveux, ajusta le col de son treillis, se retourna...

Elias reconnut son père. Il lui parut petit (« C'est que j'ai grandi », pensa Elias) et vêtu avec cette élégance de coq qu'arborent certains militaires. Son uniforme était trop serré, surchargé de poches et de boutons. Il ressemblait à... un officier portugais! Elias s'écarta de la fenêtre, espérant balayer par les paroles cette pénible première impression. Il avait tant à raconter à cet homme.

Il voulait lui parler de la mère dans la prison de Dondo. Une femme invisible, indistincte dans la foule de prisonniers. Et puis, arrachée à cette masse humaine, une ombre muette étendue dans leur baraquement, au bord du Cuanza. Et sous sa peau terreuse, l'éclat blanc de la clavicule cassée. Il parlerait aussi d'Anibal, ce prêtre dont le dieu acceptait tranquillement et cette clavicule brisée et le corps d'un prisonnier aux plaies grouillantes d'insectes, et la mort de cette femme qui, quelques jours auparavant, gardait dans le creux de son coude tout le bonheur du monde...

Il se détacha du père qui l'étreignait et bafouilla : « Tu sais, maman est... morte. Et quand elle était... » « Oui, oui, on me l'a fait savoir », se hâta de répliquer le père, et il alla remettre d'aplomb une carte géographique suspendue au mur. « Oui, je savais... C'est... » Elias s'attendait à « c'est terrible », mais le père toussota et conclut avec un soupir : « C'est comme ça. »

Une femme pénétra à ce moment dans la pièce. Grande et maigre. Une Blanche. « Faites connaissance, dit le père. Elias. Jacqueline. » Elle avait des yeux incolores, un visage anguleux, assez ridé, et portait la tenue militaire de la même coupe un peu théâtrale que l'uniforme du père. En l'écoutant, Elias apprit qu'elle était belge, militante anticolonialiste et internationaliste (avec insistance, elle soulignait son engagement presque dans chaque phrase). Tout cela avait sans doute beaucoup d'importance mais, étrangement, Elias pensa surtout au long corps de cette femme que son père devait, la nuit, tenir dans ses bras. Il éprouvait maintenant la joie douloureuse de ne pas avoir parlé de la mère, de la clavicule brisée...

« Il a l'air assez lourdaud, ton fiston, il faudra que je le secoue un peu, que je fasse travailler ses méninges… » Jacqueline le dit en français pour ne pas être comprise, le père opina, avec un sourire complice. Elias répondit en la regardant droit dans les yeux : « Ne perdez pas votre temps, madame. Les Portugais ont déjà rempli cette tâche ingrate… » L'arrivée d'un autre Blanc tira les adultes d'embarras. Elias eut le temps de remarquer que la carte sur le mur était celle de la Nouvelle-Zélande. Il ne comprendrait jamais pourquoi.

L'homme qui venait d'arriver plut tout de suite à Elias. Peut-être parce qu'il correspondait le mieux à l'image qu'un adolescent peut se faire d'un révolutionnaire. Un visage illuminé d'un feu invisible, des gestes secs et fermes, des paroles capables de soulever le diaphragme chez ceux qui les écoutent. Et ce regard de prophète, ces yeux qui louchaient imperceptiblement et semblaient voir au-delà du présent décevant, au-delà de ces cases éparpillées au milieu des arbres, au-delà du linge délavé qui ondoyait doucement sur une corde. Il était brun, à la chevelure longue et brillante de peintre, et, en fumant, il expirait par la bouche des filets bleutés, longs et incurvés, très différents de ce que faisaient les autres, c'était sa signature dans l'air. Elias tomba sous son charme, comme tout le monde. Les soldats l'appelaient *comandante*. Le père et Jacqueline – Ernesto. Après cinq minutes de conversation, il se tourna vers Elias et annonça – prophétisa presque – d'une voix inspirée, solennelle : « Tu iras chez nous, Elias, à La Havane. Tu vas y faire tes études. Tu vas apprendre la science de la Révolution ! » Était-ce la force sonore de l'espagnol ou le ton vibrant de la promesse ? La conviction était telle qu'Elias imagina, comme sous hypnose, une ville au bord de la mer, un double d'Ernesto qui lui enseignerait la révolution. Le Cubain était une sorte de sorcier, le féticheur des mots, penserait plus tard Elias. Il quitta la pièce, drogué par l'espoir.

Cet effet narcotique envahit toute cette petite base de rébellion et dura deux jours, jusqu'au départ d'Ernesto. Les combattants qui la veille encore traînaient sans but ou dormaient défilèrent comme à la parade, s'adonnèrent à des exercices d'assaut, au franchissement des cours d'eau... Même l'expression de leurs visages changea. Dans ce trou perdu de la forêt tropicale, Ernesto leur fit entrevoir une direction lumineuse, un horizon à atteindre. Le discours qu'il prononça parlait justement de cet horizon, un monde de liberté, d'abondance, de bonheur. Pour y parvenir il fallait suivre le chemin de la lutte armée, de la solidarité prolétarienne... Le comprenaient-ils tous ? Elias n'en était pas sûr mais il devinait qu'il s'agissait plus de magie que de logique. Comme le langage des sorciers, pensa-t-il, personne ne l'entend mais personne n'y échappe. « Le triomphe de notre combat sonnera le glas des forces impérialistes… Vos enfants vivront dans un monde sans pauvreté et sans exploitation… » La musique des phrases s'imprégnait des ombres nocturnes, du scintillement des premières étoiles. Le visage d'Ernesto éclairé par le feu semblait refléter l'éclat de l'avenir qu'il discernait déjà dans l'épaisseur de la forêt.

La nuit, Elias aperçut de la lumière dans la case du « poste de commandement ». Une lampe à pétrole, la tête d'Ernesto inclinée au-dessus d'un bloc-notes, un stylo frémissant dans sa main. De temps en temps, l'homme relevait le front et souriait en scrutant longuement le noir. Avec tout l'enthousiasme de sa jeunesse, Elias se sentit vivre un moment qui appartenait à l'Histoire.

Le lendemain, Elias tomba sur un soldat qui se préparait à participer à l'Histoire : à moitié couché, le dos calé contre le mur chaud d'une case, il frottait énergiquement un objet noir, lisse. Une amulette, oui, un fétiche, expliqua-t-il d'abord évasivement puis, flatté par l'attention de l'adolescent, il précisa : « Je le pends là, contre mon cœur. Côté face, si je tire, je tue mon ennemi, côté pile, s'il tire, les balles ricochent sur ma peau. Je l'ai déjà vérifié… » Il astiquait son gri-gri avec un bout de matière qui répandait une puanteur grasse, carnée. « C'est du cuir, ça, non ? » demanda Elias. Le soldat s'emporta soudain, le repoussa, l'injuria. «Tu ne le sauras jamais! Sinon tu crèves. Jamais!» hurla-t-il, et il s'en alla vers la forêt sans interrompre son lustrage.

En rentrant, Elias surprit dans l'obscurité une conversation entre la jeune cuisinière et un militaire qu'il avait déjà vu, celui qui, drogué, prononçait un discours devant une foule de fantômes. À présent, il parlait d'une voix très douce, très rapide, tout en essayant de fourrer entre les mains de la jeune fille un ballot d'étoffe. Il s'agissait d'une très belle robe, assurait-il, avec des dentelles et des perles de verre. Elias constata qu'ils en étaient déjà à la phase finale des tractations : la cuisinière ne disait plus non, le militaire parlait avec l'excitation de celui qui est sûr d'emporter la mise... Avant de s'endormir, Elias pensa au couple qui était en train maintenant de faire l'amour. L'homme était très gros, son ventre se déversait par-dessus sa ceinture. Il fallait imaginer cette masse boursouflée, transpirante, s'écraser sur le corps très fin de la jeune fille. Elias éprouva une violente oppression dans ses poumons. De la jalousie, du désir sans doute, de la pitié, mais surtout l'incompréhension : ce bout d'étoffe cousue de verroterie, cet accouplement, et puis rien, le néant, la suite d'une même vie, aussi plate, aussi bête. Il fit un effort pour sauver ce qui restait d'amour dans cette rencontre entre un corps gras et un corps mince. Puis se souvint des mouvements qu'exécutent les pieds des amants dans l'acte charnel. Crampes, grattages, relâchement. Si seulement il pouvait demander à Ernesto : «Votre lutte pourra-t-elle un jour éveiller autre chose que cela dans le cœur des humains ?»

Deux jours plus tard, il réussit à rejoindre son père dont il partagerait désormais les voyages à travers le pays. «Il ne faut pas attendre passivement que la situation révolutionnaire naisse, il faut la provoquer. Oui, par les armes!» déclarait Ernesto en s'adressant aux rebelles. Elias crut avoir déjà entendu cette terminologie-là. Mais surtout ces propos faisaient taire en lui la seule question qu'il avait envie de poser : «Croyez-vous qu'après la victoire de la révolution les gens vont s'aimer autrement ?»

Il ne se rappelait plus exactement quand se rompit la magie que faisaient naître les discours d'Ernesto. Peut-être ce soir-là : de sa place sous un arbre, Elias vit un jeune soldat qui avec un éclat de bois dessinait sur le sol un lacis de signes et souriait à ses pensées. Sa rêverie était sourde aux paroles tonitruantes de l'orateur. La lutte contre l'impérialisme, le bonheur promis après le triomphe de la révolution… Le soldat paraissait déjà heureux, ici, dans cette nuit brouillée de chaleur, devant les arabesques qu'il traçait et qui exprimaient une joie secrète, des espoirs à la fois fantaisistes et humbles. Elias s'aperçut alors que le jeune homme n'était pas le seul à être distrait.

Pourtant, son père, Jacqueline et Ernesto ne se ménageaient pas en sillonnant l'est du Congo, leur terre de mission. « Le tonnerre de la révolte des masses populaires gronde déjà ! » déclamait un jour le Cubain dans une des bases de la rébellion. De la cuisine parvint soudain le fracas lourd des casseroles, comme pour faire écho à ces paroles. Les combattants pouffèrent, amusés par la cocasserie du hasard. Ernesto mit du temps à reprendre son auditoire en main, à imposer cette transe radieuse à laquelle succombaient d'habitude ses ouailles.

De jour en jour, l'effet de cette ivresse verbale faiblissait. Un soir, après le discours, un soldat resta sur place quand ses camarades s'étaient déjà dispersés. Les yeux mi-clos, bercé par la drogue, il bafouillait des bouts de phrases qu'il venait d'entendre: Marx, lutte des classes, néo-colonialisme, Lénine… Ces mots avaient pour lui le même sens que les formules magiques qu'aurait marmonnées un marabout.

Leurs missions rappelaient maintenant à Elias la tentative de faire du feu avec des allumettes mouillées. La flamme jaillissait, le temps d'un slogan, puis se dissipait en fumée narcotique où les combattants plongeaient, chaque nuit, après une marche ou une fusillade. Il eût fallu un embrasement, le soulèvement de toute une population, une «situation révolutionnaire». Mais la révolution tardait et le peuple s'incarna, un matin, dans la longue silhouette de ce vieil homme qui vint au campement et s'assit près de la porte du «poste de commandement». Ernesto sortit, suivi du père d'Elias, le vieillard les interpella. Ils ne comprenaient pas son dialecte, un soldat s'approcha et, gêné, traduisit.

« Il se plaint parce que les nôtres lui ont pris ses réserves de vivres…

— Dis-lui que nos combattants payent de leur sang le pain que la population leur fournit ! » déclara Ernesto avec emphase, et il ajouta plus bas, à l'intention du père : « Tu vois, dans la révolution, la paysannerie est un maillon faible. Toujours ce sale réflexe de petit propriétaire…

— Il dit que son fils a été tué, continua l'interprète, et que maintenant il a ses trois petits-enfants à nourrir.

— Nos soldats peuvent mourir demain en le défendant contre ses oppresseurs ! Et lui ne pense qu'à ses patates…

— Il dit que les enfants mourront peut-être aujourd'hui… »

Il y avait, nota Elias, deux peuples : l'un, glorifié dans les discours, ces « masses travailleuses » dont on préparait l'entrée triomphale dans le paradis du communisme, un peuple idéal en quelque sorte, et puis ce peuple-là, qui, par son encroûtement miséreux, déshonorait le grand projet révolutionnaire.

Les combattants étaient, eux aussi, loin de l'idéal. Ernesto marquait les moments les plus exaltés de ses harangues par ce geste brusque : la tête rejetée en arrière, le regard levé vers l'horizon, comme s'il voyait déjà l'avènement lumineux de l'avenir. C'est justement de cette brève pause que profita, ce soir-là, un soldat qui d'une voix légèrement dédaigneuse demanda : « *Comandante*, notre solde, on va la toucher quand ? » Elias se retourna. Un homme jeune et puissant, vêtu d'un uniforme kaki neuf, très différent de ce que réussissaient à se procurer les autres. Il était entouré par un groupe qui avait l'air de former sa garde rapprochée. Elias eut une pensée simple et déroutante : « Ce type en kaki pourrait facilement passer chez l'ennemi, si on lui proposait plus... »

Avant de se coucher, il vit Ernesto qui, à la lumière d'une lampe à pétrole, prenait des notes dans son carnet.

Le lendemain matin, en route pour un autre campement de rebelles, le Cubain criait son indignation : « Que ce troufion, politiquement immature, s'inquiète de sa solde, ça peut encore se comprendre. Mais quand un chef comme Soumialot veut qu'on le paye pour chaque escarmouche, ça a de quoi vous dégoûter de ce pays. Et en dollars, s'il vous plaît ! Moi qui lui promettais l'arrivée prochaine des régiments cubains... Et l'autre stratège, ce Gbenye, tu as entendu ses arguments ? Il exige de savoir à quelle tribu appartiennent les soldats ennemis. C'est ça qui décidera s'il se bat ou non. Allez leur parler de l'internationalisme prolétarien ! »

Jacqueline partageait la colère d'Ernesto. Le père d'Elias se taisait, puis, n'en pouvant plus, se mettait à défendre ces paysans d'hier devenus révolutionnaires. Il expliquait que le pays venait de sortir de longues décennies d'oppression, sans élites, sans véritable identité, et que les petits chefs s'accrochaient au seul lien sûr : l'appartenance tribale.

Un jour, la discussion dérapa. « Je commence à me demander, s'emporta Ernesto, si le retard historique que subissent ces Congolais est vraiment rattrapable. Oui, camarade, je me demande si l'on peut vraiment les faire progresser vers la vision marxiste-léniniste du monde. Ne te fâche pas, mais je doute fort qu'on parvienne un jour à enfoncer dans le crâne de ce peuple autre chose que la drogue, la baise et toutes ces conneries de sorciers ! » Elias pensa que son père allait répondre avec la même aigreur. Mais l'homme garda le silence et c'est seulement au bout d'un moment qu'il lâcha d'une voix calme, lasse : « Désolé, Ernesto, nous n'avons pas d'autre peuple à te proposer… »

Le soir, Elias fut témoin d'une scène qui sembla donner raison au Cubain. Dans une répétition absurde, il surprit un couple en train d'arranger une transaction charnelle. Sous une lampe qui éclairait l'entrée du campement, un soldat offrait à une jeune femme un vêtement tout en lui soufflant un bafouillis rapide de promesses. Elle faisait semblant de refuser mais, curieuse, examinait déjà le tissu en le tournant vers la lumière. « C'est quoi ces taches ? s'exclama-t-elle soudain. Du sang ? » Le soldat, troublé, répondit d'une voix faussement insouciante : « Ah, mais c'est rien du tout, c'est du jus ou de la peinture, ça va partir au lavage… »

Elias continua sa route en pensant à celle qui avait été dépossédée de cette robe, il imagina une femme violentée, blessée, qui avait taché le tissu de son sang. Une femme qui avait probablement été tuée à cause de ce trophée… Les paroles du Cubain lui parurent alors d'une grande justesse.

Il espérait beaucoup du premier combat auquel il allait prendre part. Ernesto avait annoncé une offensive contre une base de mercenaires belges. Elias se voyait apporter des munitions aux combattants, secourir les soldats criblés de balles, se promener, à la fin de la bataille, un bandeau rougi autour du front… Mais surtout il allait affronter ces impérialistes blancs que les rebelles feraient prisonniers.

À la fin, il n'y eut parmi les vaincus pas un seul « mercenaire belge ». Une grande masse de blessés et de morts, tous noirs. « Des nègres qui ont été tués par d'autres nègres ! » se dit Elias avec une voix dure qui ne lui appartenait pas et qui l'effraya. Pour la faire taire, il se hâta d'aider les infirmières, transporta de l'eau, traversa le village conquis, à la recherche des survivants. Les blessures ne ressemblaient pas à ces nobles saignées qu'il avait imaginées délicatement pansées par des mains féminines. C'était de la chair que des éclats de grenades avaient hideusement écharpée, des intestins dégoulinant des ventres déchirés, des crânes éclatés qui exposaient leur contenu sanguinolent. En s'éloignant du carnage, Elias se retrouva dans une cour et vit celui qu'il prit d'abord pour un blessé agité de soubresauts de douleur. Le jour baissait et il lui fallut un moment pour comprendre : devant une mare, un soldat possédait une femme étendue le visage contre le sol. Il se débattait sur elle et pour l'empêcher de hurler lui enfonçait la tête dans la vase de la mare… Au milieu d'une des cases voisines, Elias découvrit une petite fille qui, telle une contorsionniste, avait réussi à loger son corps sous une minuscule table. Elle tremblait tellement que le meuble paraissait vivant. Un garçon plus âgé s'était caché derrière un amas de branchages. L'abri était à claire-voie mais l'adolescent, fou de terreur, devait se croire invisible grâce à un étroit panier qu'il s'était mis sur la tête. À travers le tissage, Elias vit des yeux dilatés, immobiles.

À la nuit tombante, les soldats fêtèrent leur victoire. Au début, ils écoutèrent Ernesto mais très vite l'humeur changea. Des huées résonnèrent, quelqu'un tira en l'air, des bouteilles d'alcool circulèrent. Une heure après, la moitié des cases brûlait et le rougeoiement des flammes arrachait de l'obscurité tantôt la tête renversée d'un buveur, tantôt une bagarre, parfois le piétinement excité des hommes à moitié nus autour d'une femme qu'on violait…

Ernesto, Jacqueline et le père d'Elias s'étaient réfugiés au « poste de commandement » et chacun essayait, à sa façon, de dissimuler sa peur. Ernesto prenait des notes, le père étudiait une carte topographique, Jacqueline faisait semblant de lire. Mais tous, Elias le voyait, avaient une arme à portée de main, tous savaient que d'une minute à l'autre la sauvagerie qui se déchaînait dehors pouvait déferler sur eux. À un moment, un hurlement aigu, une voix de femme, perça à travers le vacarme. Les assiégés du «poste de commandement» levèrent la tête. Le regard d'Elias croisa celui de son père. «J'y vais!» dit le père. Mais Jacqueline bondit, s'agrippa à lui en criant: «Non, tu ne sors pas! Ils vont venir, ils vont nous tuer tous, ils vont nous égorger. C'est des sauvages!» Ernesto était assis, la tête serrée dans ses mains, le visage défait.

L'incendie se calma dans la nuit et, comme en réponse à l'apaisement des flammes, se turent peu à peu les bruits de l'orgie. Elias poussa la porte: beauté constellée du ciel et puanteur acide venant de la terre, mélange de sang, de vomissure, de viande carbonisée, de sueur, de sperme...

Il ne dormit pas, pensant à l'erreur d'Ernesto. Le Cubain promettait à ces hommes un bonheur sage, logique, patiemment construit. Le rêve d'une société idéale, le communisme. Mais eux, ils connaissaient une extase bien plus immédiate et violente: cette nuit, après un combat, la lévitation de l'alcool et des drogues, la liberté totale qu'ils avaient d'assouvir n'importe quel désir, d'enfoncer n'importe quelle porte, de tuer qui bon leur semblait, de choisir la femme qui leur plaisait, de la posséder sans avoir à quémander ses faveurs, de l'abattre quand viendrait le dégoût de la fin du coït. Boire, se reposer, recommencer. Oui, une liberté absolue, des pouvoirs surhumains. Durant une nuit, ils pouvaient se sentir les égaux des dieux. Et ce pauvre Cubain qui leur parlait de l'ordre révolutionnaire qu'il faudrait respecter, de l'industrie socialiste qu'ils auraient à développer…

Elias devinait au fond de lui-même la présence de quelqu'un (de quelqu'un d'ignoble!) qui était prêt à donner raison aux soldats. Non qu'il eût envie d'approuver leur mode de bonheur. Mais ici, au fond d'une jungle où les jeunes hommes frôlaient quotidiennement la mort, ce festin de chair et de violence recevait une sombre justification. Une simple mitraillette faisait de ces paysans des êtres tout-puissants, leur offrant, en quelques nuits d'orgie, tout ce qu'un homme ordinaire peut à peine espérer d'une vie entière.

C'était effrayant de se dire que ces soldats avaient peut-être raison. Et de se sentir leur semblable.

Elias fit quelques pas au milieu des corps engourdis d'ivresse et de drogue, et soudain il se souvint que c'était le jour de son anniversaire. Ses seize ans… Il eut l'impression d'une profonde enfilade qui s'ouvrait devant lui, un tourbillon de rencontres, de visages, de nouveautés à explorer, à goûter, à dompter. Toute l'infinie richesse de la vie humaine…

Une ombre bougea dans l'obscurité, il s'écarta, aiguisa son regard. Une femme ivre, presque nue, se libérait de l'étreinte d'un homme endormi. Elle était à présent assise, les yeux captant le reflet de la lune, le corps bleui par sa phosphorescence. Sa bouche happait l'air, ses larges cuisses formaient un triangle noir, creux… Elias se dit qu'il serait si simple d'imiter les soldats, de s'accroupir, de faire basculer la femme en arrière, de plonger dans ce triangle noir.

L'infinie richesse de la vie… En s'éloignant, il pensa que cette nuit, à elle seule, concentrait tout ce que l'homme convoite, redoute, espère, déteste. Il y avait la liesse des vainqueurs et le désespoir des vaincus. L'oraison vibrante d'Ernesto et les moqueries injurieuses des soldats. La chair morte et les corps remués de plaisir. L'abondance de la nourriture et la famine qui allait supplicier, dès le lendemain, les survivants de ce village dévasté. Il y avait la liberté presque divine que se donnaient les soldats en tuant, en violant, en torturant et la servitude de ceux qui, réduits à un magma de douleur, subissaient cette liberté. Il y avait ce ciel et, sans doute, un dieu vers lequel s'élevaient tant de voix suppliantes et qui se taisait, qui n'intervenait pas, qui laissait une enfant se transformer en une boule de chair encastrée entre les pieds d'une petite table.

Le monde entier était condensé dans cette nuit. Et pourtant quelque chose y manquait. L'essentiel manquait. Elias sentait ce défaut comme une pression tendre contre ses paupières : ces chutes des jours d'autrefois, le seuil de leur maison à Dondo et lui qui cachait son visage dans le creux du coude de sa mère, immobile, silencieuse. La vie battait doucement sous la courbe lisse de ce bras… L'essentiel était cet amour, et c'est cela qui manquait à ce monde. Les femmes qu'on venait de violer et de tuer avaient porté dans le creux de leurs coudes cet univers de tendresse et de paix. Chaque homme qui tuait ou qu'on tuait avait été cet enfant pressant son visage contre le bras de sa mère. Il suffisait de le dire, de le faire comprendre aux autres…

Plus tard, il se rendrait compte que grâce à ces pensées il ne chavira pas dans la démence durant cette nuit meurtrière.

Le matin suivant, le combattant en uniforme kaki neuf qui avait, une semaine auparavant, exigé d'Ernesto le paiement de sa solde se présenta au «poste de commandement». «J'ai fait fusiller quelques incendiaires, annonça-t-il. Il serait bien maintenant, *comandante*, de parler aux troupes, histoire d'élever leur conscience politique et… de les dessoûler, tant qu'à faire…» Il le disait avec le même dédain moqueur, avec l'assurance de celui qui se sait maître de la situation. «J'ai assisté à la naissance d'un seigneur de la guerre», penserait Elias un jour, lorsque cette race de tueurs prendrait possession du continent.

Ernesto quitta l'Afrique une semaine après cette nuit de feu. Elias le vit tasser énergiquement dans son sac une pile de carnets entourés d'une ficelle. La raison de ce départ était juste et noble comme tout ce que le Cubain annonçait dans ses discours : il allait porter ailleurs la flamme de la lutte révolutionnaire, chercher l'appui des mouvements de libération chez les peuples frères. Il le disait d'un ton grave, inspiré, et l'on éprouvait, en l'entendant, la saveur légèrement éventée de la drogue verbale qui grisait si bien les âmes.

Jacqueline le suivit presque immédiatement, mais ce fut déjà une fuite, bruyante, rancunière. Dans le flot de reproches qu'elle déversa jusqu'à la dernière minute, Elias retint ce regret qui définissait le mieux, pour lui, la nature des Blancs : « Ça aurait pu être une expérience passionnante ! criait Jacqueline. J'aurais pu lancer dans ce pays une véritable révolution culturelle en commençant par le cinéma, l'art le plus accessible au peuple… » L'Occident tout entier y était, pensa Elias. Cette volonté orgueilleuse de transformer la vie d'autrui en « expérience », en terrain d'essai de ses idées. Et si cette matière humaine résiste, l'abandonner, aller en chercher une plus malléable.

Il comprit surtout la très grande différence entre deux types de révolutionnaires : ceux qui pouvaient plier bagage, partir, s'installer ailleurs et ceux qui n'avaient pas ce choix. Le père d'Elias resta.

Leur lutte était désormais plus rude, plus primitive et aussi plus vraie. Le combat quotidien d'une poignée d'hommes pour survivre. Elias nota que la résistance des vaincus exprimait mieux l'essence de la guerre que ne le faisaient les belles offensives et les victoires glorieuses. Leur acharnement n'avait plus d'autre but que cet instant, à la tombée de la nuit, après les derniers tirs, où l'on se reconnaissait vivants, dans cette nouvelle journée de sursis, quand les regards des autres disaient silencieusement cette poignante communauté des humains.

Avant, les discours d'Ernesto donnaient un semblant de logique à ces marches infinies à travers la forêt, à ces fusillades, à la mort des hommes jeunes qui avaient encore si peu vécu. Maintenant, la mort semblait non pas gratuite, non, mais tournée vers une destination différente, comme le reflet de cette constellation dans les yeux du soldat blessé à qui Elias donnait à boire. Les lèvres bougeaient encore sous le filet d'eau, l'iris des yeux captait les lueurs de la nuit, et soudain tout se figea, la bouche, les cils... En lui refermant les paupières, Elias eut l'impression que ce regard voyait toujours, plus amplement même, la percée noire du ciel. Ce fut le tout premier homme qu'il accompagna vers la mort.

La défaite lui apprit beaucoup. Un jour, caché dans un fourré, il vit des soldats qui achevaient des blessés sous le regard de leur chef, ce militaire en uniforme neuf, celui qu'il avait cru capable de trahir pour une solde plus élevée. L'homme l'avait fait et à présent pourchassait les rebelles, de moins en moins nombreux, que le père d'Elias commandait.

La débâcle transforma aussi le père. Ce n'était plus ce révolutionnaire d'opérette tiré à quatre épingles et, en cela, semblable à un officier portugais. Non, pareil aux combattants qu'il essayait de sortir de l'encerclement, le père était roux de poussière, barbu, les yeux rougis par le manque de sommeil, par la chaleur et la tension. Il boitait sur sa jambe gauche, touchée par un éclat, et dont le mollet était enroulé de pansements sales.

Elias se rendait compte que c'est ainsi qu'il avait imaginé son père avant de venir au Congo.

Un soir, en traversant un village, Elias aperçut deux

femmes, une jeune, l'autre âgée, qui préparaient le repas et se disputaient sans entrain. Il s'arrêta, frappé par la coïncidence : c'était la réplique exacte de ce qu'il avait vu le tout premier jour, à son arrivée au campement des rebelles… Les mêmes gestes, les mêmes voix, la même sérénité. Tout cela parfaitement indifférent aux discours d'Ernesto, à la violence des combats, aux promesses d'un monde meilleur. Le bonheur de ces deux femmes n'avait rien d'exalté et pourtant c'était bien du bonheur : ce voile doré du couchant sur la route, les cris des enfants au milieu des cases, l'odeur de la nourriture et la fraîcheur qui parvenait déjà de la rivière, le clapotement paisible de l'eau sous une rame… Dans une pensée qu'il ne réussit pas lui-même à sonder jusqu'au fond, il se dit que ce bonheur était plus menaçant pour la révolution d'Ernesto que n'importe quel ennemi de classe.

Enfin, vint un moment où ce qui faisait la force de leur groupe de fuyards, ce lien, cette soudure trempée dans le sang, devint le principal défaut : ensemble, ils étaient facilement identifiables, il fallait se séparer et, un à un, « se fondre dans la population ». Elias se souvenait de cette technique qu'Ernesto enseignait aux soldats.

Il avait déjà lu et lirait plus tard, dans les livres, des scènes d'adieux entre compagnons d'armes. Cela donnait des phrases vibrantes, des serments graves, des larmes ravalées et, si intervenait une femme aimante, de longues étreintes rompues par l'embrayage des moteurs. Leur départ n'eut rien de pathétique. Ils comptèrent et partagèrent les munitions restantes, en firent autant avec la nourriture et les rares médicaments. Le père, suivi de quelques hommes, prit position entre deux collines pour permettre aux autres de s'en aller en sécurité, d'échapper aux commandos qui quadrillaient la région. Elias n'eut même pas vraiment le temps de lui parler et c'est seulement le lendemain que le sens de leur séparation se révéla : l'impossibilité de poser toutes ces questions qui lentement s'étaient accumulées en lui depuis son arrivée au Congo.

Une semaine plus tard, cette impossibilité de parler ressembla à de l'asphyxie. Car il revit son père.

Mêlé à un groupe de paysans qui fuyaient les combats, Elias se tenait sur la berge haute d'un fleuve et, comme eux, il suivait du regard la progression d'une barque. Un homme ramait de toutes ses forces pour s'éloigner de la rive d'où le visaient les tirs presque ininterrompus des soldats. On distinguait bien les grimaces des tireurs qui, en contrebas, envoyaient de longues rafales en direction de la barque. Le visage de celui qui essayait de fuir était aussi bien visible : la bouche happant violemment l'air, une barbe de vagabond, ce rouleau de pansements sales sur le mollet gauche... Son père. Un homme qu'on allait tuer d'une seconde à l'autre…

Pour empêcher cette mort, il aurait fallu se jeter de la crête de la berge, rouler sur sa pente, se précipiter vers les soldats et… Et mourir sous la première balle. Elias restait immobile, hypnotisé par les giclures d'impacts qui, comme dans un jeu aveugle, piquaient l'eau autour de la barque.

La distance était déjà considérable, les tirs des mitraillettes manquaient de précision, les soldats juraient, s'énervaient, visaient encore moins bien. Un moment, Elias crut, espéra avec tout son corps que le père allait en réchapper.

C'est alors qu'il vit cet homme blanc à la moustache rousse et aux taches de rousseur dans un visage rond, souriant et renfrogné à la fois. De taille moyenne, trapu, les jambes courbes dans un short kaki, il se comportait en professionnel agacé par la maladresse des amateurs. Sans se presser, il planta dans le sable l'affût de sa mitrailleuse, essuya la lunette, aspira une bouffée de sa cigarette et posa le mégot sur une pierre. Visa, tira… Et sourit avec condescendance aux soldats qui l'acclamèrent. Au loin, le fugitif, percuté à la tête et à la gorge, agita les bras, lâcha les rames, se renversa. La barque poursuivit sa trajectoire à travers le fleuve, puis commença à dériver. L'homme roux reprit sa cigarette, exhala une lente volute de fumée.

Quand Elias eut la force de penser, il se dit que la mort de son père ressemblait à la chute d'un oiseau touché en plein vol. Il ne savait pas pourquoi mais cette vision rendait sa douleur moins atroce.

Une des promesses d'Ernesto fut tenue. En passant par des réseaux clandestins, puis par l'Algérie et l'Allemagne de l'Est, Elias put rejoindre Cuba. Il avait le sentiment de voyager dans le temps et d'aller à la rencontre d'un rêve accompli, celui qui, en Afrique, se mettait à peine à germer, arrosé par d'interminables coulées de sang.

Au lendemain du rêve

I

Cuba allait lui apprendre l'usage des armes, la science de la révolution, la chair de femme. Et ce soir-là, en 1967, sur une plage cuivrée par le couchant, il apprit la fin d'Ernesto.

Cette mort resta ainsi à jamais liée, dans son souvenir, au saignement vif des nuages, à la somnolence des vagues, au visage éploré de cette jeune Cubaine qui lui annonça la nouvelle. Une chevelure raidie par le sel, des lèvres dont il effaça, d'un baiser, un gémissement un peu trop artistique: «Le Che est mort! Les Américains l'ont tué…» La mort d'Ernesto se mêla à la chaleur lisse de ce premier corps aimé secoué de sanglots.

Elias devinait la coquetterie de ce chagrin. Son amie l'avait rejoint pour faire l'amour, elle s'y adonnait d'habitude avec une avidité saine et brutale, sans perdre de temps en épanchements. La mort du héros national offrit à leur rencontre une saveur nouvelle, dramatique.

Grâce à ces larmes légèrement forcées, il comprit que l'amour pouvait n'être que cela : deux corps qui jouissent, se quittent, s'enchevêtrent de nouveau… Parfois, en condiment à cette douce physiologie, quelques effets de théâtre. Des lamelles de lune sur la mer, des petits mensonges tendres chatouillant une oreille, l'agonie poussive d'une vague, l'agonie essoufflée d'un guérillero dans la forêt bolivienne…

Allongé près de la femme qui couvait le plaisir reçu, il pensa avec la stupeur que provoquent toujours ces idées simples, presque bêtes dans leur vérité : « La révolution n'a donc rien changé à tout ça ! »

Trois ans plus tard, lors d'un rassemblement populaire à La Havane, il eut la même pensée sur l'amour et la révolution, une réflexion aussi brute et d'une clarté aussi déroutante. Pourtant, il avait, depuis, bien avancé dans la connaissance de la lutte armée, de la doctrine marxiste, et il croyait savoir ce que les femmes, avec leur beauté, leur force et leur fragilité, pouvaient donner et ne pouvaient pas donner à un homme. Mais la question qui le troublait autrefois gardait son insoluble clarté : « Si la révolution ne change pas notre mode d'aimer, à quoi bon tous ces combats ? »

Immobile dans la rangée de ses camarades, jeunes militaires comme lui, il observait l'immense esplanade envahie par les « masses travailleuses » que les orateurs chauffaient avant l'intervention de Castro. Les slogans claquaient dans le vent avec la sonorité sabrante de l'espagnol, les applaudissements et les cris déferlaient en longs rouleaux écumeux. De sa place, derrière la tribune, Elias voyait le dos des orateurs et l'envers de deux énormes panneaux. La violence du soleil laissait reconnaître, par transparence, les personnages peints : Marx et Engels à la droite de la chaire, Lénine et Castro à sa gauche. Il n'écoutait pas les harangues mais notait les bizarreries du spectacle. Sur la toile des panneaux, les quatre guides de l'humanité se montraient en pied, détail plutôt rare, d'habitude on ne dessinait que leurs têtes. L'envers de la toile était ponctué de clous qui la fixaient sur le quadrillage de tasseaux de bois. Curieusement, penser qu'un de ces clous était enfoncé dans la poitrine d'Engels et qu'un autre perçait la barbe de Castro rendait les paroles à la fois risibles et ambiguës. *Libertad... Movimiento... Histórico... Poder popular...* Dans la foule, les visages souriaient benoîtement, comme devant un film, et l'envers des panneaux exhibait les bords effilochés du tissu.

Une femme blonde monta à la tribune, l'impression de mise en scène augmenta. Elle parlait avec un fort accent, en gesticulant. Elias éprouva la gêne que provoque l'apparition en public d'un être proche. Surtout de celle qu'on vient de tenir dans ses bras, d'embrasser, de faire jouir. Un orgueil niais (« Ils acclament une femme que je viens de posséder ») et la honte, comme si soudain tous les deux s'étaient exposés nus.

Il connaissait Louise Rimens depuis plusieurs mois. Une Française, d'une famille richissime, qui avait rompu avec son milieu, avait « épousé la révolution », selon sa formule. Au début, Elias y voyait un destin unique et exemplaire, avant de constater que l'agitation juvénile de 68 avait procréé des hordes d'apprentis rebelles qui erraient désormais dans les pays où ils pouvaient encore souffler sur les braises et mener une vie capable de choquer leurs parents bourgeois. Tout ce que Louise faisait à Cuba était, consciemment ou non, destiné à des spectateurs imaginaires, là-bas, en France.

À présent elle appelait à propager la flamme de la révolte sur d'autres continents (« Car il n'y a pas de pays ignifuges ! » Où trouvait-elle des expressions pareilles ?), sa voix se coupait quand elle citait Ernesto Guevara. Et derrière l'enclos de la chaire, ses pieds étaient posés d'une façon comique et touchante : les talons écartés et les grands orteils serrés l'un contre l'autre. Son corps était robuste mais sans grâce. La corpulence d'une fille de bonne famille (nourriture abondante, équitation, vacances dans une vaste maison de campagne), une fille qui voulait à tout prix dépenser ces avantages de jeunesse bourgeoise dans des aventures au bout du monde, au milieu des peuples affamés, des soubresauts et des luttes.

Tout cela semblait maintenant si clair à Elias! Oui, une petite fille de vingt-cinq ans, une enfant gâtée qui était en train de se sculpter un destin. Elle pétrissait la pâte à modeler qui lui était tombée sous la main: ce Cuba en ébullition, cette foule havanaise qui buvait ses paroles (elle le croyait) comme celles d'un prophète, des articles enthousiastes qu'elle envoyait à un journal parisien, ce «Che», idole immortelle car morte bien à temps... «Et moi aussi, un amant exotique, la négritude incarnée, excellent élément de tout ce décor...»

Jamais encore il ne l'avait ressenti avec une telle évidence. Il suffisait donc de se retrouver derrière l'estrade, de voir l'envers des panneaux et ces clous plantés dans le corps des révolutionnaires («là, carrément dans l'entrejambe de Fidel», nota-t-il en réprimant un mauvais sourire), de remarquer les pieds de Louise. Son accent français, après la dureté de l'espagnol, faisait penser à des couplets de chansonnier.

«Du théâtre...», se dit-il, et il se rappela les sanglots de cette jeune Cubaine qui, trois ans auparavant, lui avait annoncé la mort d'Ernesto. «Oui, toujours le même théâtre, sauf qu'à présent j'ai là-dedans le rôle enviable de jeune premier...»

Il y eut alors en lui comme une rapide percée d'intuitions neuves, dérangeantes. Il pensa que le personnage d'amant nègre orné de légendes guerrières allait certainement devenir le profil amoureux que les femmes blanches adoreraient voir en lui. Et qu'un tel mannequin attirerait un genre d'Européennes bien défini : de jeunes bourgeoises en rupture de ban et en mal d'exotisme héroïque. Des femmes pas très belles et qui, instinctivement, flaireraient le mâle recherché, ce Noir qu'elles croiraient très désireux de posséder une Blanche... Il se rendit soudain compte que Louise ressemblait beaucoup à la compagne de son père, cette Belge qui les avait quittés, plutôt trahis, au Congo. Et que la Française était, elle aussi, libre de partir quand bon lui semblerait. Et que lui, l'amant nègre, disparaîtrait de sa vie dès que le rideau serait tombé. Et qu'en vérité elle méprisait cette foule de Cubains car, au lieu de voler à la rescousse du Che, ils se mariaient, grillaient le poisson dans une huile puante, rêvaient de s'acheter une voiture... Et qu'elle consommait la révolution comme, en Europe, elle aurait consommé la bouffe et les fringues, et que lui, sa peau noire, son corps, son sexe étaient aussi, pour elle, des produits à consommer...

La voix de Castro interrompit cette cascade d'aigreurs dans sa pensée. L'orateur parlait avec une sincérité un peu douloureuse, avec une conviction véhémente et en même temps mélancolique. « La conviction de celui qui ne croit plus mais qui voudrait à tout prix être cru », se dirait Elias des années plus tard.

Lui, il voulait à tout prix garder sa foi. Cet espoir ancien, encore enfantin, de voir un monde où il serait impossible de laisser mourir une femme à la clavicule brisée ou d'abattre un homme, presque par distraction, entre deux bouffées de cigarette.

À la fin du discours, il sentit dans son dos un léger grattouillis. Un chuchotement frôla son oreille : « Je t'attends chez moi. Essaye de te libérer. » Louise avait réussi à se faufiler à travers les rangs des soldats. Sans la voir, Elias perçut l'excitation joyeuse de cette grande enfant éprise de jeux clandestins et de rendez-vous secrets. Il consulta sa montre (Castro parlait depuis plus de deux heures) et nota qu'à aucun moment le tribun qui exaltait la société future n'avait évoqué l'amour entre deux êtres humains.

Le soir, chez Louise, il retrouva la comédie de la conspiration dont désormais il détectait si bien la fausseté. Un combattant menacé (lui) rejoint sa pasionaria (elle) au milieu d'un pays hostile, dans une ville inconnue. Louise devait affabuler ainsi leurs nuits. Elle vint lui ouvrir, l'étreignit comme s'ils ne s'étaient pas vus depuis des mois, comme s'il avait dû traverser des champs de mines et des barrages de feu. Il eut envie de lui dire qu'il venait de quitter sa caserne en sifflotant, que le plus grand danger des derniers mois était celui de tomber d'un bateau pneumatique durant les exercices de débarquement et que, dans le quartier, les gens étaient en train de frire tranquillement le poisson... Elle le savait mais ne voulait surtout pas rompre l'illusion.

Elle se donnait, plongée tout entière dans son rôle de révolutionnaire traquée, jouissait plus intensément grâce à ce jeu et osait plus. C'est la comédienne qui l'entraîna sur le plancher de la pièce, se laissa écarteler à même le sol, au milieu des mégots et des brouillons éparpillés de ses articles. C'est la rebelle imaginaire qui lui griffait le ventre, poussait des gémissements en se mordant les lèvres, s'abattait sur le dos dans une posture de crucifiée, feignant tantôt l'abaissement d'une amoureuse soumise, tantôt l'opiniâtreté mécanique d'une femelle lente à satisfaire.

Très récemment encore, ces jeux charnels le flattaient. Dans le regard chaviré de la femme, dans sa prunelle affolée, il voyait le reflet de sa virilité, l'éclat noir de sa peau en sueur, la marque de son nouveau statut : lui, le nègre, était en train de saillir une journaliste connue, une Blanche, une femme qui fréquentait les dirigeants cubains et Castro lui-même.

Ce soir-là, ces masques lui parurent faux et vains. Mais surtout, il comprit que dès le début tout était faux et vain.

Louise remua sur le plancher, se redressa, encore droguée de plaisir, et en titubant se dirigea vers le lit.

Comiquement, une page dactylographiée s'était collée à sa fesse droite. Elias tendit le bras, détacha la feuille et, dans la lumière d'une lampe suspendue au-dessus d'une machine à écrire, capta cette phrase : « Deux dangers menacent toute révolution : la gangrène bureaucratique chez les dirigeants et les récidives de l'instinct petit-bourgeois chez les travailleurs… » Par la fenêtre de la chambre entraient l'odeur doucereuse de maïs et celle, grasse et rêche, du poisson frit. « L'instinct alimentaire des petits-bourgeois… », pensa Elias en souriant dans l'obscurité.

Elle se mit à parler justement des révolutionnaires d'il y a douze ans qui aujourd'hui se montraient tentés par les sirènes de la Floride. « Manque de conscience politique… Influence américaine… Tentation du dollar… » Le sens de ce qu'elle disait aurait exigé la virulence, la dureté. Mais la femme était engourdie par l'effort charnel et se blottissait contre l'homme avec l'abandon d'une jeune maîtresse sentimentale.

Il connaissait déjà la suite de la soirée. La révolutionnaire exaltée, devenue une amante alanguie, allait se muer en bonne touriste occidentale, connaisseuse du pittoresque havanais. Elle allait l'inviter dans « leur » resto favori, commander « leurs » petits plats, retrouver « leur » cuisinier… Elle aurait agi de même en Provence, en Chine, au Sénégal. Une Française qui sait explorer les attraits d'un terroir. « Du tourisme révolutionnaire… », pensa-t-il, surpris lui-même par la justesse de la formule.

Le dîner débuta comme prévu. Sauf que cette fois-là Elias attendait l'occasion de dire enfin la vérité. Et cette attente rendait le décor de plus en plus artificiel : cette brise et, disait toujours Louise, « son petit goût d'iode », les accords sirupeux d'une guitare, la brûlure fuyante de l'alcool.

Il ne savait pas par quoi commencer. Peut-être par la fausseté des personnages qu'ils campaient. Elle, touriste dans le zoo de la révolution. Lui, le nègre symbolique rompant les chaînes de l'esclavage. Ou plutôt lui parler de son « Che » ? Le décrire tel qu'il était apparu en Afrique, encore un homme réel avec ses peurs et ses faiblesses ? Oui, raconter juste cette nuit au milieu des soldats ivres qui assiégeaient leur « poste de commandement ». Parler de la fuite du Che et de la Belge, effrayés par le chaos ravageur dans le bestiaire des révolutions africaines. Lui dire : « Tu fileras aussi quand tu en auras assez. Et je me retrouverai dans ton bloc-notes, au milieu d'autres trophées, un petit épisode de ton exploration touristique. Oui, ma tête de nègre clouée au mur de ton salon, entre un anarchiste parisien et un *barbudo* cubain… »

L'image lui parut cocasse, il sourit et remarqua alors que depuis un moment déjà ils se taisaient tous deux, se défiant du regard, et buvaient du rhum également comme pour se défier. Louise avait un rictus durci, méprisant. Il eut terriblement envie de retirer à cette femme tout ce qu'elle lui avait pris : leurs nuits, son corps d'Africain qu'elle avait ajouté à sa collection... Il imagina de nouveau sa tête en trophée de chasse et comprit à quel point tout cela était sans importance : ses imprécations contre les safaris révolutionnaires des Occidentaux, ces ébats avec Louise dans une clandestinité d'opérette, le plaisir qu'avait reçu cette grande fille venue ici avec l'espoir de se gaver de sexe à la sauce épicée de combats et de discours exaltés... Il se sentait si peu engagé dans ce tourbillon de mots, de gestes, de flux et de reflux passionnels. L'essentiel restait cet enfant cachant un oiseau blessé sous sa chemise, un enfant qui trouvait la perfection du monde dans le pli du coude de sa mère... Si seulement il pouvait lui raconter cela !

Il leva ses yeux et constata soudain que Louise parlait, murmurait plutôt d'une voix avinée mais claire, et qu'elle disait précisément ce qu'il s'apprêtait à déclarer. « Le Che deviendra bientôt une mascotte, une caricature, un label... Tu crois que je ne comprends pas ça ? Mais l'humanité a besoin de croire, sinon... Sinon, oui, Orwell, Kafka... Et puis, par qui le remplacer ? Par Fidel qui bredouille sans se réveiller, pendant des heures ? Par nos révolutionnaires européens ? Ils ne s'aventurent jamais plus loin que le terminus de leur ligne de métro… Oui, dis-le-moi, si tu le penses : je suis comme eux, une jeune bourgeoise gâtée qui court le monde pour se taper des mâles à la peau d'ébène et à la bite d'étalon… C'est ce que tu dois te dire, n'est-ce pas ? Et en plus cette pétasse veut se fabriquer un CV digne de la dépoitraillée sur les barricades ! »

Son ton devint plus inégal, tantôt agressif, injurieux pour elle-même, pour les autres, tantôt désemparé et tendre. Elle parla d'un chien aveugle qu'elle avait à Paris, avoua l'avoir trahi en partant faire « sa petite révolution ». Et sans transition, annonça : « Tu sais que les dirigeants cubains cachent le journal que le Che a tenu au Congo ? Ses carnets et non pas les notes qui ont été publiées… J'ai tout fait pour mettre la main dessus. Secret d'État ! Mais, grâce à un Français qui a ses entrées auprès de Castro, j'ai appris qu'il y avait un fragment intitulé *Quand meurent les révolutions*. C'est comme s'il parlait de la révolution cubaine. Ses chefs commencent à puer le ranci des archives… »

Elle criait presque, puis, quand Elias réussit à l'emmener, à la faire rentrer, elle pleura et babilla avec l'incohérence pitoyable et touchante d'une femme ivre qu'on a envie à la fois de serrer dans ses bras et de gifler. Elle disait que son père avait « la tête à être un ancien de l'OAS », que sa mère « menait une vie de seiche », qu'il valait mieux « avoir tort avec Sartre », que sa grand-mère « récitait des poèmes à ses fleurs et était la seule personne honnête de leur famille », que « le fusil donnait le pouvoir ». Enfin, dans un aveu chevrotant, elle dénonça la perfidie d'un certain Jean-Yves qui l'avait plaquée pour « une grosse pouffiasse allemande, une copine de Baader ». « Mais il va voir, ce salaud, il va voir ! hoquetait-elle. Ici, à Cuba, je vais... »

Sa voix se noya dans un sanglot, Elias l'attira vers lui, berça contre son épaule cette tête agitée de frissons. À travers le premier voile du sommeil, Louise murmura encore, appela quelqu'un. Son chien aveugle laissé à Paris, devina Elias.

Ce fut, cette nuit, la seule où ils se sentirent vraiment proches, libérés des postures qu'ils s'imposaient. Et pour la première fois Elias prit conscience de l'infinie complexité des voies qui menaient les humains à travers les révolutions, les guerres, à travers la vie. Il comprit que dans l'engagement le plus intransigeant pour la cause la plus sublime pouvaient se cacher et l'envie de punir un homme parti avec une rivale, et le souvenir d'une vieille dame qui récitait des poèmes devant ses jardinières, et la pitié pour un chien.

Il dormit peu, écouta le souffle plaintif de la femme serrée contre son bras, observa les photos qui semblaient guetter son regard dans la phosphorescence de la veilleuse. Hemingway en boxeur sur un ring, le sourire charmeur adressé au photographe. Castro au milieu d'une foule dans laquelle, à bien chercher, on parvenait, selon Louise, à la reconnaître. Malraux, élégant et ambigu comme un croupier de casino. Enfin le Che, l'œil en feu, la chevelure en tempête. Et plus bas, une caricature : de Gaulle transformé en Hitler, avec l'insigne de SS sur l'épaule… « Chacun d'eux a dû avoir un chien aveugle dans sa vie… », pensa Elias.

Les jours suivants, Louise l'évita et quand, plutôt par hasard, ils se croisèrent, il comprit qu'elle avait pleinement repris le contrôle d'elle-même. « Ça, c'était une sacrée cuite ! s'exclama-t-elle, très à l'aise. J'ai dû te raconter un tas de conneries… »

Elle quitta Cuba un mois plus tard, sans le prévenir. Un mot lui parviendrait le lendemain du départ. « J'étais très déçue par la tournure que prenait la révolution. Je ne te l'ai jamais caché », écrivait-elle. Elle disait aussi que le journal parisien pour lequel elle travaillait lui offrait un poste…

Deux ans plus tard, déjà à Moscou, Elias apprendrait la sortie du livre de Louise Rimens. Le titre l'étonnerait, oui et non : *Quand meurent les révolutions.*

Pendant le reste de son séjour à La Havane, il essaya souvent de trouver une logique à cette frénésie des humains engagés dans ce qui paraissait un monolithe : l'Histoire, la Révolution. Une jeune femme qui se vengeait d'un amant infidèle en tombant amoureuse du Che, souhaitait embraser le monde entier et se souvenait, avec une nostalgie poignante, de la maison de sa grand-mère. Une femme qui était prête à sacrifier des millions de vies humaines sur l'autel de l'Idée et qui pleurait en pensant à son chien aveugle…

«Les contradictions de l'existence», plaisantait-il en se rappelant ses lectures de philosophie. Ou peut-être tout simplement le manque de professionnalisme chez ces rebelles amateurs?

Il pensa alors à l'URSS, le pays que les amis de son père citaient autrefois en évoquant «une société future dont la conception est strictement scientifique». À Cuba, les Russes semblaient accomplir un travail presque routinier pour eux, celui de bâtir un monde dont les autres pouvaient seulement rêver. Sur la façade d'une des usines qu'ils construisaient, il avait lu un jour: «Nos tâches sont déterminées, nos buts sont clairs! Au travail, camarades!» Malgré le simplisme du slogan, s'y lisait l'inébranlable certitude qui manquait aux dilettantes des luttes de libération.

Dans l'avion pour Moscou, il pensa au titre de «révolutionnaire professionnel» que revendiquait son père, mais aussi Ernesto. Et que portait Lénine. Il parvint alors à saisir la différence entre l'amateurisme et le professionnalisme dans la révolution. Le professionnel ne se pose jamais la question «À quoi bon?», seulement «Par quel moyen?» car il n'a d'autre vie que le rêve qu'irrésistiblement et patiemment il construit.

Dix-sept ans plus tard, à la fin des années quatre-vingt, nous nous sommes rencontrés à Fort Lauderdale, en Floride. Les Cubains qui fuyaient leur île en perdition devaient accoster, pensions-nous, pas très loin de ces côtes. Plus flagrant encore que le tangage de Cuba apparaissait le naufrage du grand paquebot de l'URSS. Je n'avais encore jamais interrogé Elias aussi franchement sur l'aveuglement de ceux qui, comme lui, sacrifiaient leur vie à une cause. «J'ai souvent entendu les intellectuels, a-t-il répondu, déclarer que tel ou tel événement les avait dessillés, qu'ils n'avaient rien vu de condamnable dans un régime et que soudain ce qui leur semblait magnifique la veille devenait abject. Oui, l'URSS, Mao et maintenant Castro. Il y a presque vingt ans, j'ai connu une femme, une journaliste française qui travaillait à La Havane, elle a écrit un livre pour expliquer comment, tout à coup, elle avait compris que la révolution cubaine n'était qu'une affreuse dictature. Tu sais, je n'ai jamais pensé que notre combat était parfait et que les gens qui le menaient étaient des saints. Mais j'ai toujours cru à la nécessité d'un monde différent. Et j'y crois encore.»

Cette réponse a dû lui paraître trop grave et abstraite, trop liée à ses idéaux de jeunesse. Il a légèrement incliné la tête : « Tu vois ce type, oui, en short, une chemisette à pois. Le steak qu'il mange pèse une livre, au moins. Son pays, l'Amérique, protège par toute sa puissance le droit de cet homme de manger une telle quantité de viande. Et surtout son droit de se foutre qu'à l'autre rive de l'Atlantique des enfants aux membres amputés mâchent de l'écorce pour tromper la faim, avant de crever. Les deux rives sont pourtant un seul et même monde, il suffit juste de se lever, comme ça, sur la pointe des pieds, pour le voir. »

Il l'a fait, se redressant au milieu de la terrasse du restaurant où nous étions assis.

C'est l'une des visions les plus précises que je garderais de lui : un homme debout, droit comme une lame, dominant la foule des mangeurs.

II

Le plus dur fut, comme toujours, de se résoudre à tuer les enfants. Les rejetons d'un tyran, certes, la future élite d'un régime d'oppression. Mais, la porte de leur chambre défoncée, Elias se détourna, malgré lui, pour éviter le regard de ce garçonnet qui tentait de se cacher derrière un rideau, de cette fillette qui serrait une grande poupée moussant de dentelles...

L'aéroport avait été pris une heure auparavant, juste après l'écrasement de la garde gouvernementale et l'occupation du dépôt d'armes. Des commandos tenaient la gare de chemin de fer, les axes routiers, les principales banques. Une résistance inattendue autour du bâtiment de la radio freina l'offensive. Pourtant le palais présidentiel résonnait déjà de fusillades. La consigne était claire : liquider le chef de l'État ainsi que tous les membres de sa famille, sans exception. Resté en vie, un des fils aurait pu devenir le drapeau de la contre-révolution.

À la tête de son unité, Elias parvint au premier étage, franchit le feu nourri des gardes du corps, aida l'artificier à faire sauter la porte des appartements privés. Les combattants mitraillaient tous les recoins, se protégeaient dans les escaliers et les coudes des couloirs, jetaient des grenades d'assaut. Et puis il y eut cette chambre d'enfants et ce désir de tirer sans tuer, en fermant les yeux, ou même d'être tué avant de pouvoir tuer… On l'informa que la police secrète qui défendait le siège de la radio venait d'être délogée. Il fallait sauter dans une jeep, foncer au milieu des rafales et, vite installé devant un micro, lire cette *Déclaration du gouvernement populaire intérimaire* qu'il avait rédigée la veille: «Camarades! La lutte héroïque de l'Armée de libération nationale a mis fin à la dictature sanguinaire et corrompue du maréchal X. Le pouvoir est aux mains du peuple représenté par les forces patriotiques de l'ALN et du Parti socialiste du Progrès…»

Du travail très professionnel, dès les premiers tirs, le matin, jusqu'à cette lecture, dans un studio qui sentait encore l'aigreur de la poudre et la transpiration des hommes essoufflés. Elias lisait d'une voix grave, parfois détachait le regard des lignes dactylographiées, il connaissait le texte par cœur. À un moment, en levant les yeux, il aperçut à l'autre bout du pupitre un grand bocal à moitié rempli d'un liquide trouble. Il retint un sourire : au cœur d'un pays du tiers-monde, en pleine révolution, ces tomates marinées, une étiquette en russe...

Chaque fois, dans cette phase finale de prise du pouvoir, surgissait ce bocal que quelqu'un avait laissé dans le bâtiment où les instructeurs soviétiques enseignaient l'art de renverser les dictatures. Et chaque fois, ému de s'être adressé à la population de tout un pays, Elias oubliait de jeter ces tomates macérées dans leur marinade glauque.

Il avait déjà participé à une douzaine de révolutions d'entraînement dans ce camp militaire à proximité de Moscou. Leur scénario changeait : les forces de l'ennemi devenaient mieux armées et autrement regroupées, les embûches se multipliaient, la « population » (jouée par des soldats en civil) était tantôt coopérante, tantôt hostile. La ville elle-même, cette ville artificielle qui imitait le plan urbain typique, avec sa gare, sa résidence du chef de l'État, l'aéroport et le reste des lieux clés, oui, même ces blocs en préfabriqué étaient remaniés avant la nouvelle révolution. Cela compliquait l'action des insurgés : la gare se transformait en caserne, le siège de la police secrète en ambassade des États-Unis, les abords de l'aéroport se trouvaient protégés des champs de mines... Dans le palais présidentiel, l'affectation des pièces ne restait pas non plus constante. On reconnaissait le bureau du tyran grâce à une grande reproduction encadrée de *La Bataille de Borodino*. Et au seuil de la chambre d'enfants, on mettait cette grosse poupée en plastique couverte de tulle sali et à qui il manquait un bras.

Tout changeait à chaque révolution. Sauf ce bocal de tomates dans le studio de la radio nationale. Et aussi ce malaise au moment de tirer sur les ombres des enfants. Elias se surprit, un jour, à imaginer des visages qu'il avait vus à Dondo, dans le Kivu, à Cuba…

Une révolution, disaient les instructeurs, n'est pas seulement une affaire de dynamite. Sa préparation est longue et minutieuse. Il faut d'abord travailler en profondeur les «masses populaires», créer des réseaux de combattants et ceux, plus flous mais indispensables au succès de l'insurrection, de «compagnons de route» et de «sympathisants». On ne peut pas lancer l'assaut contre une dictature sans avoir infiltré l'armée et la police, gagné l'approbation ou, au moins, la neutralité des intellectuels et des médias, sondé le terrain diplomatique. Mais, en définitive, cela reste une question de flair: un peuple prêt à vous soutenir, un régime prêt à s'écrouler, ça se sent. «Ça sent quand même la dynamite…», pensait Elias, devinant la conviction profonde de ses maîtres en révolution.

Et quand votre flair faiblissait, les spécialistes étaient

là pour vous guider. Ces instructeurs avaient pris part à bien des renversements de régime, leur expérience était indéniable. « Des révolutionnaires professionnels », se rappelait Elias. Une fois, racontaient-ils, dans un pays d'Afrique, les proches de l'ancien dictateur avaient été épargnés ; résultat : la guerre civile relancée pour deux bonnes années. Un coup d'État en Amérique centrale, ce banquier qui aurait dû subir des « moyens de pression spécifiques » (en clair, être torturé ou assister à la simulation de la mise à mort de sa famille) avait été juste emprisonné et, après une évasion réussie, s'était livré à un financement de la contre-révolution grâce à ses comptes à l'étranger (qu'il aurait certainement livrés sous la torture). En Asie du Sud-Est, la négligence lors de l'exécution d'un reporter britannique : au lieu de se servir d'une mitraillette prise à l'ennemi, les soldats s'étaient trahis en utilisant leurs armes de service…

À la fin de ces séances de techniques insurrectionnelles, il arrivait à Elias de se demander : « À quoi bon ? », tant les astuces destinées à mater son prochain étaient ingénieuses et sans merci. Dans la bouche des instructeurs, ces tactiques de combat et de subversion devenaient de l'art pour l'art, un brillant but en soi qui éclipsait le but de la révolution elle-même. Ils passeraient toute leur vie, se disait Elias, à fignoler leur méthode, tels des joueurs hypnotisés par la marqueterie de leur échiquier. «À quoi bon?...» Il se hâtait de faire taire cette question indigne d'un professionnel.

La lecture de Marx qu'il reprit à l'université Patrice-Lumumba de Moscou l'aida à oublier, pour un temps, ces interrogations dilettantes. Malgré le sérieux pontifiant avec lequel on enseignait la doctrine, elle gardait, pour lui, le goût de sa première ouverture intellectuelle, de ses tâtonnements sous la direction de Carvalho, le vétérinaire de Dondo. Il apprenait et interprétait devant les examinateurs les schémas broussailleux du *Capital*, mais son souvenir lui rendait la clarté un peu fruste des commentaires de Carvalho: «Le monde est régi par le désir des humains de dominer leurs semblables. L'exploitation de l'homme par l'homme. Marx avait raison! Regarde les Portugais et les colonisés. Et les Portugais riches et les Portugais pauvres... Jamais il n'y aura d'entente possible.» Et il enchaînait sur la lutte des classes.

Et cette lutte, se rappelait à présent Elias, c'étaient les têtes empalées des Angolais exposées le long des champs, comme des épouvantails... «Pour un capitaliste, expliquait Carvalho, tout devient marchandise, tout!» Dans *Le Capital*, Elias découvrit le secret de ce monde à vendre. Mais, devançant la compréhension, sa mémoire éclairait une chambre peinte en jaune où un militaire petit et laid, entravé par son pantalon baissé, dansotait devant une femme noire, nue, insoutenablement belle. « Marchandise – argent – marchandise », formulait Marx. Ce corps nu transformé en marchandise produisait de l'argent qui, à son tour, redevenait marchandise : du pain que la femme apportait à son enfant appelé Elias.

… Plus tard, lors de ses voyages en Europe, il entendrait souvent les intellectuels parler avec une petite grimace de dégoût de « la vulgate marxiste ». Il se souviendrait alors de ses études à Moscou, conscient que ses camarades de fac pouvaient être tous accusés de trop de légèreté dans leurs exégèses de Marx. Sauf que, pour eux, cette vulgate méprisable portait le poids écrasant des morts, la douleur des années d'humiliations et de combats.

Le doute le frappa, un jour, de la manière la plus inattendue. Il venait de diriger la prise de l'aéroport dans cette ville-maquette où se passaient tant de révolutions réussies. Le car qui les ramenait à Moscou tomba en panne et ses compagnons d'armes, les « révolutionnaires » et les « suppôts de la dictature », allèrent vers une gare de banlieue. Lui décida de rentrer à pied, grisé par la douceur de la neige qui argentait les champs vides et les toits bas de quelques maisons tristes. La première neige depuis son arrivée à Moscou.

La première neige de sa vie. Il avait imaginé un froid cinglant, ankylosant. Sentir maintenant ces gros flocons presque tièdes qui frôlaient son visage le faisait sourire de joie.

Sur une route, encore à moitié campagnarde, il aperçut une très vieille femme qui marchait si lentement qu'elle donnait l'impression de poser avec précaution chacun de ses pas sur la broderie blanche et fragile. Dans un filet à provisions, elle portait quelques paquets enveloppés de gros papier gris et un pain recouvert d'un journal. En contournant une flaque d'eau, elle s'appuya sur la branche d'un pommier qui se penchait sur le chemin. Elias éprouva soudain, très profondément, l'instant qui reliait cette vieille main et l'écorce rabougrie. La femme s'arrêta, leva le visage vers le tournoiement neigeux. Il crut qu'elle souriait faiblement.

Il repensa souvent à cette femme. Dans un monde où les pauvres, fatalement malheureux, menaient leur lutte des classes contre les riches, inévitablement comblés de bonheur, il était difficile de trouver une place pour cette vieille passante du jour de la première neige. Était-elle pauvre ? Certainement. Et même bien plus démunie que ces « masses populaires », dans les sociétés capitalistes, qui bataillaient contre les bourgeois. Mais était-elle malheureuse ? Elias connaissait déjà assez la vie russe pour savoir à quel point ces destins invisibles pouvaient être mystérieusement emplis de sens. D'ailleurs, aurait-elle été plus heureuse si son filet avait regorgé de victuailles ? Si, au lieu d'avoir traversé des guerres, des purges, des famines, elle avait mené une existence calme et fortunée quelque part en Occident ?

Ces questions lui paraissaient enfantines et même bêtes, et pourtant elles troublaient la rigueur des théories qu'il apprenait à l'université. Une vieille femme qui marche lentement, le jour de la première neige, s'appuie sur une branche, lève ses yeux vers le tourbillon des flocons... Impossible de caser cet être humain dans le trio de propagande qu'on voyait à Moscou sur toutes les façades : un ouvrier aux bras musclés, un kolkhozien chargé de gerbes de blé, un intellectuel à lunettes avec ses outils de savant. Ces trois classes symbolisaient le présent et l'avenir du pays. La vieille femme n'appartenait pas à leur temps. « Comme tant d'autres, dans ce pays... », pensa Elias. Tout un pan de vie échappait aux beaux systèmes des philosophes.

Depuis ce jour-là, il se déplaçait beaucoup à pied, dans l'espoir de découvrir derrière les façades un monde peuplé de ces êtres inclassables qui défiaient Marx.

L'une de ces balades, à la périphérie de Moscou, faillit lui coûter cher. Il avançait, ce soir-là, au milieu d'une banlieue où se côtoyaient de lugubres habitations en préfabriqué, des vieilles maisons en bois et des constructions des années de l'après-guerre, ces longues bâtisses à un étage où l'on parquait, sous Staline, les ouvriers recrutés pour la reconstruction de Moscou. Parfois, un mur de briques sombres se dressait, cachant les bâtiments noircis d'une usine. Les gens, solitaires ou en groupe, marchaient rapidement, en silence, comme pour fuir ces lieux.

Elias connaissait les différentes réactions que son visage provoquait. Souvent, une curiosité discrète mais hostile, un bref regard étonné : « Qu'est-ce que ce nègre vient faire par ici ? » Certains, surtout les jeunes, n'hésitaient pas à le dire. Parfois, au contraire, un large sourire qui devait signifier la tolérance et l'hospitalité, le jeu qu'il craignait le plus. Rarement, la simple indifférence, ce qu'il préférait. Mais ce soir-là il neigeait abondamment et, dissimulé par ce tissage mouvant, il progressait sans trop attirer l'attention. Une pensée en apparence très simple cadençait sa marche : « Ce que je vois est le bilan, certes intermédiaire, de trois révolutions, de plusieurs guerres, du travail de deux cents millions d'hommes et de femmes qui depuis plus d'un demi-siècle construisent un monde nouveau, selon un projet grandiose, le rêve de l'humanité… »

Il ne remarqua pas à quel moment la ruelle qu'il suivait se mit à longer des rails enneigés puis glissa sous le toit délabré d'une sorte de dépôt de trains. Il s'arrêta, voulut rebrousser chemin et se rendit compte qu'il était déjà trop tard pour se sauver.

« Putain, je t'ai bien dit qu'on avait oublié de fermer les cages du zoo. Voilà déjà un singe, bientôt on verra une girafe ! » Elias croisa le regard de celui qui venait de parler, puis de ceux qui, assis en demi-cercle, riaient aux éclats. Des hommes installés autour d'un poêle en acier dont l'ouverture recrachait des flammes et une fumée violâtre, âcre. L'un d'eux retira du feu une fine pique de fer, la plongea dans un seau. Le sifflement de la vapeur s'accorda avec les derniers esclaffements.

« Alors, c'est comme ça, mon pote, tu descends de ton arbre, tu apprends à marcher et ta première visite, hop, chez nous. Merci bien, mon gros con ! On est vraiment touchés... » Les hommes rirent de nouveau, celui qui trempait la pique imita un singe sautant d'un arbre et se mettant à clopiner sur trois pattes en se grattant la nuque avec la quatrième. Elias voulut reculer mais en tournant la tête il vit, dans son dos, se dresser un type qui tenait, serrée dans des moufles en cuir, une lamelle de métal chauffée et dont le bout rouge paraissait transparent. Pas de gestes de menace, juste du mépris, presque débonnaire.

Ce n'était pas une de ces petites bandes de jeunes qu'Elias avait su, jusque-là, éviter. Des hommes plus âgés, nota-t-il, et qui, visiblement, étaient eux-mêmes pris au dépourvu par son apparition et voulaient, en riant, dissimuler leur activité.

« Bon, vas-y, primate, tu nous laisses ta chapka, t'en auras pas besoin en Afrique, et tu nous fous le camp. Mais grouille-toi, le zoo ferme dans une heure... » Une main se tendit vers sa tête, Elias la repoussa et tout de suite un rapide coup porté par une tige de fer lui arracha sa chapka. L'odeur du brûlé se fit sentir, il pivota et vit qu'un filet de fumée montait du bas de son manteau.

« Allez, dégage! Tu comprends le langage humain ou tu veux qu'on te fasse cramer tout entier? » Une pique chauffée à blanc se mit à tourner devant son visage. « J'ai besoin de ma chapka... Il neige... Quant au langage, vous parlez comme ces salauds d'esclavagistes qui... » Plusieurs hommes se levèrent. « Bon, tu ne veux pas t'en aller debout comme tout le monde, d'accord, tu vas rentrer chez toi à quatre pattes comme un macaque... »

Il put parer les premiers coups mais soudain sentit une brûlure vive sous la nuque, ne sut retenir un cri de douleur, fut jeté à terre, traîné dehors. Une grosse botte l'atteignit à la tête, sa vue se brouilla. Il revint à lui très vite, tenta de se relever, mais on le poussa de nouveau dans une congère. Sa joue était pressée contre la neige et ce froid lui sembla bienfaisant. D'une main il ramassa une poignée de glace, la serra contre son cou brûlé.

Une sorte d'indifférence l'enveloppa. La souffrance physique n'était rien à côté de l'abîme qui venait de s'ouvrir en lui. «Après trois révolutions, plusieurs guerres, plus d'un demi-siècle d'efforts... Le rêve de l'humanité...», résonnait un écho affaibli dans sa tête.

Même les paroles qui retentirent au-dessus de son corps, dans l'obscurité, lui parurent au début indifférentes. Et si elles finirent par l'intriguer, c'est parce qu'il ne comprenait presque rien. Pourtant c'était du russe. Non pas ce russe ordurier que la rue parlait souvent à Moscou et dont il connaissait à présent la rudesse graveleuse. Non, une langue dont il distinguait très bien la cadence, mais dont les mots lui étaient inconnus. Il tourna alors la tête, essaya de voir ceux qui échangeaient ces phrases brèves, sibyllines.

À gauche de son visage, il vit des chaussures de femme, d'un modèle lourd et laid, et dont le cuir était tout rabougri. Puis des bas de coton râpeux, et le pan d'un manteau sombre, en gros drap. Il imagina une dame âgée et la voix correspondait à ces vêtements et à cet âge, une voix sourde, un peu rêche. «Cette vieille que j'ai vue le jour de la première neige...», pensa-t-il soudain, et, étrangement, cette idée farfelue le rendit confiant.

Il entendit le crissement de la neige sous les pas qui

s'éloignaient, puis sentit une main qui touchait sa tête, sa joue. « Vous pouvez vous lever, ils sont partis… »

Il s'assit puis, en serrant les dents pour ne pas gémir, se redressa. Et resta un long moment sur place, légèrement chancelant, ne s'écroulant pas grâce au regard qui se posait sur lui et le soutenait. À cet instant, il ne pensa pas à la beauté de cette femme ni à sa jeunesse. Aucun mot de reconnaissance ne se forma dans sa tête. Il y avait ce silence, l'ondoiement de la neige et ce visage qui semblait être tracé dans le noir par la voltige incessante des cristaux.

Plus tard, il comprendrait l'insolite degré de cette beauté. Les autres lui en parleraient, tantôt avec jalousie, tantôt avec regret : un don du ciel, trop généreux pour une jeune provinciale. Et il se sentirait incapable d'expliquer que pour lui était belle aussi la laideur touchante des chaussures racornies qu'elle portait ce soir-là, et la musique mate de leurs pas sur un chemin enneigé, et l'odeur résineuse du chemin de fer dans l'air glacé…

Durant toute sa vie, il aurait l'impression de se rappeler chaque minute passée avec elle, chaque angle de rue qu'ils tourneraient, chaque aquarelle des nuages au-dessus de leurs têtes. Et pourtant, dans les moments les plus proches de la mort, donc les plus vrais, c'est cet instant-là qui reviendrait avec la patiente douleur de son amour : la senteur amère de la neige, le silence d'une chute du jour et ces yeux qui l'avaient retenu debout.

« Je croyais l'avoir oubliée, cette langue. Et puis, quand j'ai entendu ces abrutis, les mots me sont revenus. D'un coup. Il n'y avait que ça, dans notre village, des prisonniers sortis des camps. Tous rêvaient de s'en aller vers une grande ville mais n'arrivaient plus à bouger, pris par ces terres gelées. En fait, ils craignaient de ne pas savoir renouer avec la vie normale. Déjà cette langue qu'ils parlaient dans les camps... Alors ils restaient. Même quelqu'un de ma famille... » Sa voix se rompit, elle murmura en changeant maladroitement d'intonation : « Je m'appelle Anna... »

Elias se présenta. Cela ne fit qu'augmenter le sentiment d'irréalité. Ils marchaient sous de larges brassées de neige comme au milieu d'une voilure arrachée. Sur sa tête il avait noué l'écharpe que la jeune femme lui avait prêtée. Il se laissait guider, avec l'espoir dément qu'à la fin tout ce qui venait de se passer serait miraculeusement réparé. Des hommes pour qui il n'était qu'un singe, sa chapka jetée dans le feu, leur haine. Dans un pays qui promettait un monde sans haine…

«Et ces prisonniers, c'étaient des droit-commun?» demanda-t-il. Sa voix trahit l'attente fiévreuse d'une issue.

«Les droit-commun se débrouillaient plutôt bien pour refaire leur vie. Un voleur sait au moins pourquoi il est emprisonné. Non, c'étaient des politiques. Des cas absurdes. Un kolkhozien avait déversé du fumier dans son potager. Manque de chance, c'était l'anniversaire de Staline, on venait d'accrocher son portrait sur la maison d'en face. Le gars avait écopé de vingt ans. Sa peine purgée, il se demandait encore comment on pouvait enterrer une vie sous un tas de fumier. Ou plutôt, c'est moi qui ne comprenais pas comment il pouvait continuer à vivre, puisqu'il vivait, chassait un peu dans la taïga et même composait un herbier… Ou bien cet étudiant qui, en prenant des notes, avait orthographié "SOSialisme". Pour rire. On l'a dénoncé. À son retour du camp, c'était un vieillard…» Elle dut sentir en lui un cri étouffé et deviner que cette douleur ne venait pas des coups reçus. «Je ne sais pas pourquoi j'ai commencé à vous raconter tout ça. Surtout ne le répétez à personne! Ah oui, je vous parlais de la langue des camps…»

«Elle a peur, pensa Elias. Cette jeune femme qui a eu le courage de s'interposer tout à l'heure a peur.»

«Et qu'avez-vous dit à ces types du dépôt?» la questionna-t-il en jouant la décontraction. La voix d'Anna répliqua en écho, détendue: «C'est le fait que je parle la langue des taulards qui les a surpris, pas le sens de ce que je disais. D'ailleurs, il leur importait surtout de vous abaisser. La société humaine est pareille en cela au monde animal. Je l'ai étudié dans mes cours d'éthologie. Sauf qu'une bête ne blesse pas un congénère avec la parole… Voilà, on est arrivés. Votre foyer est par là, et moi, je vais prendre le métro…»

Elle disparut dans la tourmente blanche. Elias fit quelques pas, puis courut pour lui rendre son écharpe et, à l'entrée du métro, s'arrêta, piétina au milieu de la neige tassée. Il se sentit redevenir celui qu'il était pour cette foule moscovite: un grand nègre, vaguement comique, dont la tête crépue était blanchie par les flocons.

Il passa plusieurs jours à la chercher, à l'université de Moscou, errant dans les couloirs, attendant à la sortie des cours. La vie de cette jeune femme, il le comprenait, mettait en doute le monde futur qu'il avait rêvé. Et pourtant c'est elle qui donnait à ce rêve sa vérité humaine, simple et tragique.

«Ce n'est pas le fait qu'elle soit belle…» Souvent, il commençait ainsi et ne terminait pas sa réflexion quand, après avoir retrouvé Anna, il la distinguait au milieu de la cohue tapageuse des étudiants. Caché derrière une colonne, dans le hall de la faculté, il voyait des jeunes filles aussi jolies et bien mieux vêtues qu'elle. Début des années soixante-dix, la première génération post-stalinienne allait avoir vingt ans... Il les regardait passer, captait des coups d'œil tantôt amusés, tantôt dédaigneux (la gamme de ces mimiques lui était familière). Et soudain, ce manteau noir aux longs pans étirés, ces vieilles chaussures dont la lourdeur jurait avec la finesse des chevilles. Le visage paraissait austère, presque hostile. Les yeux allongés vers les tempes rappelaient ceux d'une louve.

«Non, ce n'est pas sa beauté...», pensait Elias, et il se hâtait d'aller dehors, de tourner vers une allée déserte, sachant que bientôt il entendrait des pas derrière lui et les reconnaîtrait. Une main attraperait son poignet et ils plongeraient dans le lacis des rues gagnées par un crépuscule d'hiver.

Tant de choses auraient dû lui déplaire chez elle! Ses vêtements dignes des paysannes qui, chargées de ballots, se bousculaient dans les gares de Moscou. Sa voix âpre, sans aucune vocalise de séduction. La dureté qui transparaissait parfois sous la fragilité de sa jeunesse.

Avec d'autres femmes, il avait toujours su où il allait et ce qu'il attendait d'elles et ce qu'elles espéraient de lui. Avec elle... Anna serrait son poignet, ils se mettaient à marcher, à l'aventure, ou plutôt non, car elle lui montrait une Moscou qu'il n'aurait découverte sur aucun plan. Ils parlaient peu, sans logique, se regardaient à travers l'ondoiement de la neige, en silence, comme après des années de séparation.

Avait-il raison de se cacher, de l'attendre dehors, dans ces allées enneigées et désertes? «Comme à un rendez-vous d'agents secrets», pensait-il en souriant. Elle semblait lui savoir gré de sa discrétion. Il n'ignorait pas ce que signifiait, dans ce pays, le fait de «sortir avec un nègre». Parfois, au contraire, elle se montrait indifférente à ce qu'on pouvait penser de leur couple. Comme ce soir-là, quand elle s'arrêta dans une cour où ne parvenait pas le brouhaha de la ville. On entendait le froissement de la neige contre les vitres et ces lentes et graves sonorités d'un piano. Au premier étage d'un immeuble, l'intérieur d'une grande pièce, à peine éclairée, des tableaux aux murs, et la silhouette de celui qui jouait. Des gens entraient dans la cour, la traversaient, montaient chez eux. Certains se retournaient, s'assuraient que cette jeune femme et cet Africain figés sous la neige n'étaient pas un mirage. Elias sentait les doigts d'Anna se serrer sur sa main. La vie qu'on devinait derrière les fenêtres du premier étage lui parut soudain très proche de ce qu'ils auraient pu vivre tous deux…

Un jour, alors qu'ils étaient assis dans un salon de thé, il lui demanda avec un petit hochement de tête en direction d'autres clients:

« Que pensent-ils quand ils nous voient ensemble ?
— Si je te dis la vérité, tu seras vexé…
— Vas-y, je commence à être immunisé.
— Deux groupes d'opinion. Les premiers pensent que je suis tout simplement une salope. Les seconds, que je suis une salope qui veut coûte que coûte partir à l'étranger. Voilà… Non, j'allais oublier, il doit y avoir parmi eux une âme charitable qui se dit qu'en quatrième génération une union pareille donnera peut-être un nouveau Pouchkine…
— Tu sais, l'un de nos instructeurs formule cela avec plus d'humour. Une kolkhozienne vient à Moscou et pour la première fois de sa vie voit un Noir : "Oh, un singe, en pleine rue !" Le Noir, poli : "Mais non, citoyenne, je suis un Africain…" La kolkhozienne : "Oh, et en plus, un singe qui parle !"… Après tout, les Portugais ne se disaient pas autre chose quand ils nous coupaient la tête en 61.
— Allons-nous-en ! J'ai l'impression d'avoir de la colle sur ma peau à cause de leurs regards. Je me sens sale.
— Mais pourquoi ?…
— Parce que avant je pensais à peu près comme eux ! »

L'humour les aidait souvent. Un soir, au théâtre, ce coup d'œil à la fois effrayé et perdu de la dame qui se vit voisine d'Elias. Les lumières s'éteignirent et il chuchota à l'oreille d'Anna : « Je vais lui dire que je viens de jouer Othello et n'ai pas eu le temps de me démaquiller… » Les dialogues sentaient la poussière des costumes que portaient ces acteurs travestis en soldats de la guerre civile. L'un d'eux déclama en extase, les yeux révulsés : « C'est dans le feu de notre révolution que naîtra l'homme nouveau ! » À l'entracte, Anna proposa de filer.

Le premier souffle neigeux les rendit à la vie qu'ils aimaient. Ils se laissèrent égarer dans le dédale des ruelles qui avaient survécu à la folie des reconstructions, descendirent sur les étangs gelés d'un parc, écoutèrent le vent se couper sur les tourelles d'un monastère en ruine. Le monde leur rappelait la pièce qu'ils venaient de fuir : une farce pompeuse et bavarde qui continuait à brasser ses masques et ses cabotins. Et aussi une dame qui, dans la rangée onze, jetait des regards soulagés sur le siège libre à sa droite. Ils n'avaient plus besoin de ce monde-là.

Ce qu'il ressentait était si simple qu'il n'essayait même pas de le nommer. Il lui suffisait d'avancer avec elle sous la neige, de sentir la chaleur de sa main, puis l'absence de cette main, l'odeur glacée de l'air, et de voir, dans un bus tardif et presque vide, ce rond sombre laissé sur la vitre gelée par le souffle d'Anna : elle y regardait de temps en temps pour ne pas manquer leur arrêt et cette trace fragile de sa respiration se recouvrait vite de cristaux de givre. Quand ils descendaient, il lui semblait que ce bus brinquebalant emportait une parcelle très importante de leur vie.

À présent, il éprouvait un attachement haletant pour ce qui paraissait, autrefois, insignifiant, invisible. Un jour, en attendant devant les vestiaires de l'université, il remarqua dans la rangée des manteaux un vêtement noir dont il reconnut immédiatement la silhouette et l'étoffe fatiguée. Cet endroit triste, hérissé de crochets de patères, s'emplit soudain, pour lui, d'une vie dense et frémissante, bien plus réelle que tout ce qui se passait dans le grand bâtiment surchargé de marbre. Il s'approcha et vit que sur le col élimé du manteau noir fondaient les derniers flocons de neige. Anna venait donc d'arriver aux cours et cette heure d'attente qu'il devrait maintenant endurer lui sembla très différente des heures et des minutes qui s'écoulaient pour les autres.

Il n'avait jamais vécu d'instants pareils en compagnie d'une femme et d'ailleurs il ne s'était jamais imaginé capable de vivre et de voir avec cette félicité douloureuse, cette acuité d'halluciné. C'était si neuf pour lui qu'un jour il eut envie de moquer cette sensibilité extrême qui l'habitait désormais. « L'homme nouveau ! » déclama-t-il, imitant le révolutionnaire costumé de la pièce qu'il avait vue avec Anna. Il sourit mais l'appellation ne sembla pas fausse : un être inconnu s'animait en lui. Et quand il pensa à cette présence nouvelle, alliage de tendresse, de confiance, de paix et terrible angoisse de perdre ce qu'il aimait, un souvenir lui revint, intact : à la nuit tombante, le seuil d'une case et cet enfant qui noie son visage dans le creux du coude de sa mère.

Il crut alors avoir trouvé celle à qui il pourrait parler de cet enfant dont il n'avait encore avoué l'existence à personne.

L'amphithéâtre était pour le moment vide. Elias monta jusqu'à la dernière rangée, là où même les cancres ne prenaient pas la peine de grimper. Il s'allongea sur les sièges et suivit, en témoin invisible, le lent éveil de la salle: les premières voix, encore sonores et distinctes, le claquement des sacs contre les pupitres, le roulement d'un stylo, un juron, puis le crescendo du vacarme, des rires et, plus près de sa rangée, une mélodie sifflotée, comme à l'écart de la cacophonie générale. Mais surtout, cette corde tendue en lui, cet espoir craintif de pouvoir distinguer au milieu de toutes ces paroles la voix d'Anna. Enfin, la décroissance rapide du bruit, la toux brève et léonine du professeur, le rythme bien rodé de son martèlement vocal.

Couché, Elias voyait derrière de hautes baies vitrées la précipitation muette, tourbillonnante des bourrasques blanches. Il se disait que peut-être de temps en temps Anna, relevant la tête au-dessus de ses notes, remarquait elle aussi cette houle neigeuse.

«… De façon créative et géniale, Lénine développe la théorie marxiste du socialisme. Il démontre, par une argumentation historiquement et logiquement infaillible, que la construction de la société socialiste est possible dans un pays isolé, même s'il existe un entourage capitaliste hostile… » Elias écoutait les fragments les moins ennuyeux et celui-ci, dont, sans la censure qu'il s'imposait d'habitude, il pensa : « Comme tout cela est juste. Et inutile… » Oui, incongru dans l'univers où derrière les fenêtres s'éteignait lentement une journée neigeuse.

Il savait qu'après ces conférences Anna restait quelques minutes dans l'amphi à bavarder avec une grande fille rousse, son amie, qui avait transformé son prénom en un « Gina » pas très convaincant. Cette fois, leur conversation semblait avoir débuté bien avant car Anna ne faisait que répliquer distraitement à l'argumentation véhémente et teigneuse de Gina.

«Non, tu fais ce que tu veux, disait celle-ci. Moi, les nègres, j'ai déjà fait le tour du problème. Il est gentil aujourd'hui, ton Congolais… oui, Angolais, c'est ce que je voulais dire. Mais n'oublie pas, un Noir c'est un orang-outan en rut et dès qu'il t'a baisée, bye-bye, baby! Et toi, tu resteras seule avec un petit demi-singe sur les bras et je ne sais combien de maladies tropicales à soigner…

– Écoute, Gina, on n'en est pas encore du tout là, lui et moi. Et puis il n'a jamais…

– Oui, bien sûr, il ne t'a pas encore enfilée, ce saint homme. C'est qu'il cache bien son jeu, c'est tout. Tu as intérêt à choisir déjà ton jour. Oui, ton jour, car il est polygame, comme tout le monde là-bas, et tu passeras à la casserole, mettons, tous les mercredis, après le reste de la tribu… »

En venant, Elias avait l'intention de surgir devant elles, en bondissant de la rangée où il s'était caché, de les surprendre. Il espérait se faire accepter par cette rousse Gina. D'ailleurs il s'apprêtait déjà à jouer son numéro, à pousser un cri d'orang-outan en rut, quand soudain le vrai sens de leur bavardage lui devint clair. Tous ces quolibets sur les excès érotiques du nègre n'étaient que du folklore auquel il était depuis longtemps habitué. La vraie question avait la banalité fruste et triste du réel : après ses études, Anna risquait de se retrouver dans quelque trou perdu de sa Sibérie natale, il fallait donc inventer un moyen pour rester au paradis moscovite. Le mariage avec un nègre ? se demandait Gina, et son jugement tombait : il valait mieux aller apprendre la dialectique de Hegel aux loups de la taïga…

À un moment, la discussion se mit à tourner en rond. Elias restait allongé et, la tête légèrement renversée, il voyait la voltige des longs panaches neigeux autour d'un réverbère. Un bonheur simple et dense se dégageait de ce mouvement hypnotique. Leurs errances à travers Moscou, sous des vagues blanches... Sur la vitre d'un bus, le petit rond de glace fondue que laissait la respiration d'Anna... Il ferma les yeux, tenta de ne pas entendre les deux voix qui, en bas de l'amphi, évaluaient les avantages et les tares de sa négritude.

Anna parlait très peu d'ailleurs. Elias crut discerner l'intonation un peu alentie qu'il remarquait souvent dans ses paroles. « Tu vois, Gina, bien sûr c'est un Noir et tout ce que tu veux. Mais il me comprend comme personne... » Il y eut un rire exagérément dédaigneux de Gina, le craquement d'un briquet et ce constat : « T'es vraiment bête, ma petite Anna. Quoique... Vous êtes peut-être faits l'un pour l'autre. Lui vient de descendre de son baobab, toi, de sortir de ta tanière d'ours... » Anna, comme si elle ne l'avait pas entendue, poursuivit sur un même ton rêveur : « Et puis, il y a en lui quelque chose d'un..., mais ne ris pas, oui, d'un chevalier ! Tu sais, adolescente, j'ai relu mille fois ce poème, tu te souviens : une dame laisse tomber son gant dans l'arène remplie de fauves, les bêtes rugissent mais un chevalier va chercher le gant et le rend à la dame... Oui, je sais, je sais... Le sentimentalisme infantile de la poésie allemande... Mais tu vois, avec lui je n'ai jamais l'impression de mentir tandis qu'avec

Vadim, tout devient faux, même ma façon de marcher. Avec Vadim, même la neige sent la glace du frigo…»

Elias vit ce jeune homme et Anna le lendemain soir. Grâce à la conversation dans l'amphi, il savait qu'il s'agissait d'un Moscovite, fils d'un haut fonctionnaire. «Je serais toi, avait hurlé Gina, je me collerais à lui comme une rustine! Dans deux ans, il aura son poste de diplomate à l'étranger.» Elias l'avait imaginé grand, arrogant, sportif, digne représentant de la jeunesse dorée de la capitale. Il le détestait avant de l'avoir vu.

Vadim entra dans le vestibule de la bibliothèque et pour quelques secondes devint aveugle. Il enleva ses lunettes aux verres embués, se mit à les essuyer, et ses yeux myopes, fortement plissés, scrutaient le flou qui l'entourait. Il était grand, légèrement voûté, avait un cou long et un beau visage gâché par la mollesse enfantine des lèvres. En tirant de sa poche un mouchoir pour frotter ses verres, il avait laissé tomber un petit bout de carton, sans doute sa carte d'accès à la bibliothèque. Il s'inclina, regarda autour de lui, toujours avec cet air tâtonnant de myope. Elias, qui suivait la scène dans le reflet d'un miroir, à l'autre bout du vestibule, eut envie d'aller l'aider…

Anna arriva à ce moment-là, ramassa la carte, accompagna Vadim jusqu'à la sortie. Ils passèrent à quelques mètres d'Elias, qui capta les paroles du jeune homme, mi-regret, mi-plainte : « Non, tu sais, maman m'a dit que je devais d'abord soigner ma bronchite. Surtout que là-bas, en plein hiver... » Ils sortirent et Elias s'aperçut que la démarche d'Anna n'était effectivement plus la même : des pas mesurés qu'on fait à côté d'un vieillard.

Deux jours plus tard, il apprit que pendant les vacances elle irait dans son village, en Sibérie orientale. « Je pourrais peut-être... », il n'eut pas l'impression de le lui demander, c'était l'écho d'un rêve qui s'exprima presque à son insu. « Sept jours de voyage, il peut faire facilement moins cinquante là-bas », répondit-elle comme si elle avait voulu le dissuader.

Au cours d'un énième assaut contre le « palais présidentiel », Elias trébucha, tomba et se fit une entorse au pied. C'est ce qu'il réussit à faire croire au médecin, gagnant ainsi une semaine supplémentaire de congé.

Ils partirent par un temps de redoux, Moscou sentait le gazon humide. Pendant la deuxième nuit, dans une gare à l'approche de l'Oural, Elias descendit sur le marchepied du wagon et ne parvint pas à respirer. L'air glacé avait la dureté coupante d'un cristal.

III

Le froid extrême noircit la peau plus que la brûlure du soleil. Elias l'apprit en observant ce Sibérien qui monta dans le train à Krasnoïarsk. Un visage bruni par les engelures, des mains entaillées de crevasses bistres. «C'est ça la vraie couleur de l'or», plaisanta l'homme, répondant au rapide coup d'œil d'Anna. Il était leur voisin de compartiment. De son sac surgit un dîner : un pot en terre avec des champignons salés («On va les laisser respirer, la saumure est complètement gelée»), de la viande d'élan fumée, un litre d'alcool sombre, infusé de myrtilles. Il invita aussi une femme âgée qui, sur sa couchette, passait les journées à ouvrir et à refermer un coffret. Il parla de son métier, des pépites arrachées au permafrost, du sommeil hanté par des nuées de moustiques et le grognement des ours. Après le troisième verre, il tapa sur l'épaule d'Elias et annonça avec une émotion chaude et fraternelle : «En janvier dernier, quand il a fait moins soixante, et ça avec du vent, j'étais plus noir que toi de... » Il voulait dire « de gueule » mais se retint et prononça ce mot incongru car trop ancien et trop beau dans le contexte, ce *lik*, plus seyant pour les traits d'une icône.

Tout le monde rit et Elias nota la distance parcourue depuis Moscou. Sa couleur ne faisait plus de lui un singe, ni un symbole de propagande, ni un totem qui exigeait des courbettes humanistes. Elle était certes visible mais au même titre que les stigmates du gel sur un visage. Maladroit, l'homme voulait lui dire, en fait : « Que tu sois noir, ce n'est rien, il y a pire. » Il parla d'un de ses camarades qui avait eu un bras arraché par une excavatrice. La femme raconta que dans son coffret elle transportait les cendres de son mari et aussi un éclat d'obus resté trente ans dans la jambe de ce vieux soldat...

On atteignait les confins de l'empire, lieu d'échouage des vies malmenées, des êtres indésirables dans les métropoles. Ce bout du monde brassait une multitude d'ethnies et de coutumes, univers bigarré qui accueillait cet Africain comme une nuance de plus dans le chaos de la mosaïque humaine. Elias en prendrait conscience plus tard. Pour le moment, il essayait de gagner l'amitié d'un enfant bouriate qui, du couloir, le dévisageait longuement avec les étroites fentes de ses yeux. « Qui suis-je pour ce petit ? se demandait Elias.

Peut-être justement celui qui est le plus près de ce que je suis... »

Au début du voyage, Anna semblait tendue, vigilante à chaque mot. «Voyager en compagnie d'un nègre, quel exploit!» pensait-il en souriant. Il se souvint de «l'orang-outan en rut», devina qu'elle craignait un geste plus décisif, une parole la mettant au pied du mur. Être pris pour un monstre de lubricité l'amusait, surtout que depuis des jours une seule question le préoccupait véritablement : comment expliquer ce qu'était, pour lui, la senteur de la neige dans les plis de cette robe de laine grise? Et les empreintes de leurs pas laissées devant une minuscule gare perdue au milieu de la taïga assoupie. Et l'odeur du thé qu'elle lui offrait le matin. Il y avait plus de vérité dans l'ivresse de ces instants que dans tous les aveux amoureux du monde. Mais le dire eût été déjà un aveu.

Le voyage durait tant que, un soir, il se surprit à en avoir oublié le but. Ou plutôt l'interminable martèlement de rails n'avait à présent d'autre sens que ces brèves chutes dans la beauté dont il ne savait pas parler à Anna.

Elle ne semblait plus se méfier, au contraire, l'attitude d'Elias l'intriguait. Visiblement, elle espérait autre chose que cette présence attentive, amicalement protectrice...

La femme au coffret les quitta à Irkoutsk. Le chercheur d'or, dans un village de Transbaïkalie. Ils se retrouvèrent seuls, les yeux fixés sur l'effacement des flammèches du couchant derrière la vitre tapissée de givre. Commençait le dernier soir de leur voyage. Il fallait maintenant se parler, clarifier la situation, ou bien, sans rien commenter, s'enlacer, échanger des caresses, se donner... Ou encore, rire, raconter des blagues, jouer aux bons copains. Ils campaient mentalement ces mises en scène, mais toutes paraissaient fausses. Sur la vitre, le brasillement écarlate devint violet, puis s'éteignit. Vint un moment où il sembla impossible de se détourner de la fenêtre, de croiser le regard de l'autre, de lui sourire...

Un léger tambourinement à la porte les tira de cette torpeur. Le petit Bouriate les observait fixement, en arquant légèrement ses sourcils, en plissant ses lèvres comme si cette mimique répondait à l'intensité de ce qu'il devinait en eux... Ils se lancèrent un coup d'œil et se mirent à rire doucement. Oui, comment faire comprendre à cette jeune femme que la seule fraîcheur de la neige que gardait sa robe était déjà un bonheur très plein, une vraie histoire d'amour qui se poursuivait depuis leurs errances à travers Moscou sous les tempêtes blanches ? Comment dire à cet homme qu'il s'était imposé à elle, étrangement, en dépit de tout ce qu'elle pensait des hommes, blancs ou noirs, de tout ce qu'elle croyait d'elle-même, lui dire qu'il était là, d'une présence évidente et naturelle, comme s'il avait très anciennement existé à ses côtés, sous ce ciel russe, comme s'il était de toujours et pour toujours ? Il ressemblait, pensa-t-elle, à cet avion de la dernière guerre scellé sur un bloc de béton, dans la ville où elle avait fait ses études secondaires. Le quartier était habité par des notables et cet avion d'assaut Il-2, que les Allemands avaient surnommé « la mort noire », cabrait fièrement sa silhouette sombre et élancée au milieu d'une vie prétentieuse, plate… Anna retint un sourire : la comparaison saugrenue avec l'avion était si juste et parfaitement inavouable, comme le sont souvent les choses justes.

La femme bouriate vint chercher son enfant. Ils restèrent dans le crépuscule bleu qui emplissait le compartiment.

« … C'est finalement le seul mystère que j'ai gardé de mon enfance. Ma mère, déjà détruite par la misère, par le mépris de ceux qui achetaient son corps, a été capable de me donner un bonheur absolu, une paix sans une faille d'angoisse. J'ai toujours pensé que cette capacité d'aimer, en fait si simple, était un don suprême, oui, une puissance divine… »

Durant la dernière nuit de voyage il parla de l'enfant qui, sur le seuil d'une case à Dondo, noyait son visage dans le creux du coude de sa mère.

Et le lendemain soir, vint enfin l'aveu qu'ils attendaient et qui se fit sans paroles. Tout simplement, la mort les effleura sur la glace d'une rivière qui, en hiver, servait de route. Un camionneur les avait laissés à ce carrefour des pistes forestières. Son camarade, avait-il juré, viendrait d'une minute à l'autre. Il faisait encore jour, une heure plus tard la nuit encercla le petit abri de trois murs où ils s'étaient réfugiés. Ils passèrent cette heure à dansoter, à se pousser, à se frotter les joues et le nez. L'air était limpide, sans un souffle. Le froid moulait le corps comme sous une coulée de verre fondu. Et dès qu'on bougeait, cette carapace éclatait et l'on avait l'impression d'avaler ses brisures pilées.

Ils firent un feu, mais pour chercher du bois il fallait monter une berge escarpée, s'enfoncer dans la neige jusqu'à la taille, lutter contre les branches avec des mains qui n'obéissaient plus. L'expédition prenait vingt bonnes minutes, le feu avait le temps de s'éteindre et les muscles de s'engourdir dans l'anesthésie du froid. À un moment, à mi-chemin entre l'abri et la forêt, Elias eut envie de se poser, de plonger dans l'assoupissement qui le rendait léger, insensible. Il se secoua, saisit une poignée de neige, se frotta rageusement le visage, puis grimpa et, les dents serrées, se mit à casser des branches. Et tout de suite se redressa, tendit l'oreille… En dévalant la pente, il perdit la moitié de son fagot. « J'ai entendu… J'ai entendu… », chuchotat-il comme si sa voix avait pu effaroucher le bruit deviné. Ils écoutèrent, tournant la tête à droite, à gauche. On ne percevait que les menus craquements du feu, presque mort. La buée de leur respiration montait, aspirée par la béance noire du ciel. Les constellations semblaient avancer vers eux, les entourer… Elias sentit sur son poignet la pression d'une main et ne parvint plus à distinguer s'il offrait ou recevait la chaleur qui leur restait. Anna se serra contre lui et ils formèrent au milieu du vide stellaire un fragile îlot de vie.

Le chauffeur qui les récupéra aurait apparemment gardé le même calme si, sous l'abri, il avait retrouvé leurs corps figés. Elias observa les mains qui reposaient sur le volant : des écorchures fraîches, du sang à peine séché sous lequel transparaissait un tatouage flou : 46-55 et le nom d'un camp de la Kolyma.

L'homme parla sans se justifier, plutôt pour faire ce constat qu'Elias connaissait déjà : « Il y a pire. » Ce qu'il y avait de pire c'étaient les froids qui venaient après un bref dégel. La glace des rivières sur lesquelles on roulait se recouvrait d'eau qui gelait à son tour. Une rivière sur une autre, en quelque sorte. Les roues s'y enfonçaient et, en une poignée de minutes, étaient prises, soudées. Cela lui était arrivé, un peu plus tôt. On retrouvait parfois des camions sous deux mètres de neige… Entre les deux chiffres du tatouage, le calcul était simple :

1946-1955, neuf ans de travaux forcés quelque part sous ce ciel de glace. «Après ça, rien ne peut vraiment le toucher...», pensa Elias.

«Vous auriez dû venir à Sarma au printemps, regretta soudain le chauffeur. Il y a un bosquet, là, à dix kilomètres, plein d'oiseaux. Ah, comme ils chantent, les salauds! Des rossignols, je vous dis pas. Oui, là-bas, près de l'ancien camp...» Une minute plus tard, il commença à émettre des petits claquements avec sa langue, suivis d'un cliquetis sifflant. Elias pensa à l'imitation d'un trille de rossignol. Le chauffeur grogna: «Quelle grosse connasse, cette dentiste! Je lui ai bien dit de me l'arracher. Elle me l'a plombée, cette foutue molaire, et maintenant, plus besoin de thermomètre. Dès qu'il fait moins quarante, ça me fait hurler comme un loup...»

En les déposant à Sarma, à minuit passé, il souffla à Elias avec un clin d'œil: «Toi, tu ressembles beaucoup à Pelé. Je l'ai vu jouer, il y a deux ans, à la télévision... Allez, chauffez bien le poêle!» Ils suivirent des yeux, un moment, le tangage de la longue remorque chargée de grumes. La sensation de quitter un homme avait, au milieu de cet infini blanc, une intensité douloureuse. «Neuf ans de camp, les rossignols, une molaire mal plombée, Pelé...» Elias crut toucher, en un instant, la vérité souterraine et noueuse d'un être.

Cette intimité du vrai, à la fois poignante et lumineuse, le frappa plus que tout le reste à Sarma. Dès le premier regard que lui adressa la mère d'Anna. Elle leur ouvrit la porte, les entoura de ses bras, sans verbiage, sans curiosité. Une certitude calme, absolue se transmit à Elias : il pourrait pousser cette porte dans dix ans, il serait attendu.

« Le bain est encore chaud, dit la mère, je savais qu'avec ce froid vous auriez du retard… »

Tout était étonnant pour lui dans la minuscule isba des bains : l'odeur amère des murs enfumés, les rameaux de bouleau avec lesquels il était censé se fouetter, la vapeur qui brûlait les narines. Mais cet exotisme n'était rien à côté du bleuissement sombre dans une étroite fenêtre au-dessus d'un banc. Derrière la vitre floue, le froid interdisant toute ombre de vie et là, sur les planches inondées d'eau bouillante, son corps nu, plus vivant que jamais.

À Sarma, il vit la mort, la survie et la vie s'unir dans une transfusion secrète, permanente.

Il se réveilla ébloui par l'abondance de soleil. Et sa première vision de cette planète blanche fut un point qui se déplaçait lentement au milieu d'une vallée bordée par la taïga. Un homme ? Un animal ? Elias suivit la trajectoire, tout en courbes, de cette petite tache noire, puis fit le tour de la chambre, regarda longuement la photo d'un jeune militaire. « Smolensk, avril 1941 » était marqué en bas du portrait... Le perron en bois émit un grincement sonore sous les pas de quelqu'un, Elias se précipita dans l'entrée et vit la mère d'Anna. « Elle est allée chez Gueorgui, le chasseur, chercher une bonne veste de fourrure pour vous. Avec votre manteau, vous n'irez pas loin. Moins quarante-huit ce matin... Allons boire un thé. » La surface de l'eau dans les deux seaux qu'elle posa était moirée de glace.

À table, le silence qui se fit n'était pas pesant. Le craquement du feu, la cadence somnolente d'une pendule et surtout le grand calme, tout cela rendait les mots moins nécessaires. Pourtant, Elias sentait qu'il fallait se raconter, expliquer sa présence (« ma tête de nègre », pensa-t-il, s'en voulant de ne trouver aucune amorce à la conversation). Il se rappela alors le chauffeur qui les avait conduits la veille, son histoire de rossignols... La femme l'écouta puis, après une hésitation, murmura : « Il y avait déjà plein d'oiseaux du temps où le camp existait. Oui, surtout des rossignols... Un jour, à la fin des années quarante, je crois, les autorités ont ordonné de raser tous les arbres. On s'était aperçu qu'au printemps, dès que les chants reprenaient, le nombre d'évasions augmentait. Sous Khrouchtchev, on a fermé le camp. Les arbres ont repoussé, les oiseaux sont revenus... »

Anna rentra en apportant une longue veste de fourrure. « Voilà, tu la mets et tu peux tomber en hibernation, c'est de l'ours. »

Dehors, dans la blancheur aveuglante de la vallée, la même tache noire continuait son parcours sinueux. « Et ça, c'est aussi un ours ? » demanda Elias. « Non, c'est l'étudiant dont je t'ai parlé. Enfin, il a plus de cinquante ans maintenant. Tu te souviens, celui qui avait écrit "SOSialisme"... Il est en train de chercher ses trésors. Mais il vaut mieux qu'il t'en parle lui-même. On ira le voir ce soir, si tu veux... »

Elias s'attendait à trouver un fou miné par la dureté de l'exil. L'« étudiant » parla avec une ironie qui supposait ce genre de diagnostic et qui, ainsi, le démentait. « Au début, c'était un simple calcul de potache, racontait-il. La majorité des objets célestes tombent ou bien dans des endroits difficilement accessibles, les océans, les mers, les lacs, les marécages, les montagnes, par exemple, ou bien dans les endroits pierreux qui cachent ces visiteurs intergalactiques au milieu des cailloux. Donc, ce pauvre étudiant qui a dû, hélas, interrompre ses études décide de chercher les météorites là où elles sont le plus visibles : sur la blancheur immaculée de notre chère Sibérie. J'ai une centaine de correspondants un peu partout de ce côté de l'Oural... Et regardez maintenant ma collection ! »

Dans de longues caisses, quadrillées de cases, ils

virent des éclats lisses, tantôt petits comme le noyau d'une cerise, tantôt plus volumineux, semblables aux silex sombres de l'âge de pierre. Sur une grande table recouverte d'une toile cirée s'entassaient un outillage de chimie, un atlas du ciel, une lunette sur un trépied. Les commentaires qui suivirent devinrent vite trop techniques et trop exaltés à la fois. Pour y adhérer il eût fallu tomber amoureux de la moindre zébrure sur la face des aérolithes... L'« étudiant » s'en rendit compte, se traita d'« obsédé stellaire » et, comme pour se faire pardonner sa cuistrerie d'astronome, annonça: « J'ai même composé un poème... » Il décrocha une feuille fixée au-dessus de sa table de travail, chaussa ses lunettes et se mit à lire. Il s'agissait d'un chercheur de météorites qui se fabriquait une planète avec ses trouvailles et quittait la Terre. Le ton était celui des strophes qu'on écrit à vingt ans. « Il a arrêté de vieillir au moment de son arrestation », pensa Elias.

Ils étaient déjà à la porte, prêts à partir, quand l'« étudiant » les fit revenir dans la pièce. « Vous savez, je vous le dis sans aucune arrière-pensée politique mais, de temps en temps, l'humanité devrait se juger du point de vue de ces cailloux célestes. Cela la rendrait peut-être moins sûre de sa grandeur... »

Sur le chemin du retour, en passant par la « vallée aux météorites », ils se surprirent, tous les deux, à baisser involontairement les yeux sur chaque trace sombre.

Ils en rirent. « Tu sais, il n'a jamais parlé ainsi à personne, dit Anna. Tu as dû l'impressionner. Oui, comme un extraterrestre à qui, enfin, il peut se confier… »

Le lendemain, à l'orée de la taïga, ils tombèrent sur un couple qui semblait vouloir s'ensevelir sous la neige. Un homme âgé, vêtu d'une simple veste ouatée, une femme aux yeux bridés, vraisemblablement une Yakoute. « Vous creusez une tanière ? » leur cria Anna. « Oui, une tanière pour une fleur, répliqua l'homme. Cette fois, on ne me la cassera pas… » Il se remit à enfoncer obliquement de longues perches dans la neige. Comprenant le principe de l'étrange échafaudage, Elias les aida à le terminer. Ils rentrèrent tous ensemble. L'homme raconta que depuis des années il veillait à l'éclosion d'une « flamme d'or », une sorte d'orchidée sauvage qui s'ouvre la nuit et meurt à l'aube. Il avait repéré l'endroit où elle poussait mais chaque fois il ratait la nuit de la floraison. Souvent, la plante se trouvait piétinée ou déterrée par les bêtes dès la fin de l'hiver. Il avait décidé alors de bâtir un abri avant que la neige ne fonde…

Ils passèrent un moment dans l'isba où vivait le couple, goûtèrent le poisson fumé préparé par la femme. L'homme voulut à tout prix offrir à Elias une chapka. « J'en ai cinq, j'ai chassé un peu autrefois… Choisis celle qui te plaît. Sauf celle-ci, c'est une pièce de musée. Je l'ai portée dans le camp… Enfin, j'en ai usé plusieurs en vingt ans, c'est la dernière. Quant à la fleur, la flamme d'or je veux dire, c'est un voleur qui m'a expliqué où la trouver, en fait un orpailleur qui secouait sa batée en clandestin, s'est fait prendre et en a eu pour dix ans de camp. Un jour, au printemps, il a tenté de se faire la belle, on l'a pisté et les chiens des gardes, des molosses gros comme des sangliers, l'ont égorgé... Il m'a souvent parlé de la fleur, du coup j'imaginais comment j'allais la trouver, une nuit, quand je serais en liberté. Vous voyez, maintenant je me dis que cette plante-là m'a aidé à ne pas devenir fou. Car il y avait de quoi, en vingt ans. Surtout quand je pensais que j'avais payé pour trois charrettes de fumier. Toi, tu connais l'histoire, Anna. Mais ce que tu ne sais pas c'est qu'en 56, quand je suis sorti, Staline on l'avait déjà jeté aux orties. Un gars m'a dit alors : "Maintenant, Ivan, tu prends son portrait et tu le fous dans le fumier, comme ça vous serez quittes." Eh bien, je ne l'ai pas fait ! Parce que désormais n'importe qui pouvait le faire. Et puis je n'aime pas frapper celui qui ne peut plus se défendre. Mais surtout, je m'en fichais, j'avais déjà commencé à chercher la flamme d'or... Allez, encore un verre, pour ne pas attraper froid en sortant. »

Ils rentrèrent en coupant à travers la forêt. Les paroles d'Anna résonnaient comme un écho égaré au milieu des gros troncs de cèdres. « Quand il a rencontré sa femme Zoïa, elle était... oui, une sorte de chien errant. Pire qu'un chien, une bête malade et à moitié folle que tout le monde méprisait. Il y a des mines à soixante kilomètres de Sarma. Pendant un temps, les ouvriers partageaient Zoïa entre eux. En allant au boulot, ils l'enfermaient dans une baraque et en rentrant la violaient. En fait, ce n'étaient même plus des viols, une habitude plutôt… Puis ils l'avaient laissé tomber. Oui, un chien qui fouillait les ordures. Un soir, Ivan passait près des baraquements des mineurs et, dans l'obscurité, a cru voir un renard, il a voulu l'abattre avec son fusil. Zoïa était vêtue d'un vieux manteau roussi par le feu… Elle a mis plusieurs mois à reprendre pied. Et Ivan m'a dit un jour que désormais il savait pourquoi il continuait à vivre. C'est d'ailleurs surtout pour elle qu'il voudrait voir fleurir cette plante nocturne, cette flamme d'or… »

Avant le voyage, Elias croyait aller à la rencontre des scories humaines qu'avait laissées le grand chantier de la société du futur. Des éclats de bois, du mâchefer, inévitables dans un projet aussi grandiose qu'était le communisme. Mais voilà qu'au milieu des déchets rejetés par la marche de l'Histoire une vie secrète, tenace, veillait. Cette existence humble semblait parfaitement affranchie des humeurs tonitruantes de l'époque. Aucun verdict de l'Histoire, pensait Elias, n'avait prise sur ces deux êtres qui, le printemps venu, chercheraient dans la forêt leur orchidée sauvage.

Un matin, il vit Ivan quitter son isba et, un instant après, Zoïa qui courait pour le rattraper. L'homme avait dû oublier ce sac en cuir qu'elle lui tendait. Elle était vêtue d'une simple jupe et d'un pull, malgré le froid qui était descendu à moins cinquante, et sa course dans la neige, la rencontre des deux silhouettes au milieu d'un désert blanc, leur rapide étreinte, la fragilité du lien qui se créa momentanément entre eux et se rompit, tout cela frappa Elias par son absolue évidence d'amour. « Un chien errant, se souvint-il. Des scories humaines… » Il y avait maintenant dans le froid argenté de la matinée cette femme sur le seuil de sa maison et cet homme qui traçait, glissant sur ses raquettes, une longue ligne bleue à travers l'infini des neiges.

Du camp, il ne restait presque rien. Les carcasses des baraques. Les rangs édentés d'une double enceinte en bois. Et, au-dessus, un fil d'acier auquel était fixée une laisse de chien. Le vent la secouait et, de loin, on eût pu croire qu'un berger allemand continuait à courir entre deux palissades.

Ils avançaient avec une précaution gênée, ne sachant pas ce qui pouvait se dire dans un lieu pareil. Des milliers de vies englouties par cet espace clos entre les miradors. Des milliers de regards figés, jadis, sur des barbelés tout duveteux de givre, dans un ciel si clair. Fallait-il crier sa compassion, s'indigner, se résigner? Les mots perdaient ici leur sens. Sur un poteau noirci pendait un bout de rail dont le gong cadençait autrefois l'activité du camp. Désormais sa mutité ressemblait à une présence invisible mais toujours vivante.

Elias écouta le vent, le crissement de leurs pas, imagina l'homme dont venait de parler Anna : une journée de soleil, un prisonnier vêtu d'une veste ouatée usée quitte le camp, s'arrête, se retourne, perplexe. Après douze ans d'enfermement, la liberté est une menace. Son corps, érodé par un travail de bagne, le trahit à chaque pas. Il comprend mal les gens qu'il croise, leurs sourires, leurs soucis. « Tu aurais dû te remarier », dit-il à sa femme. Il est effrayé par cette attente de douze ans. Effrayé et douloureusement reconnaissant. Il voudrait repousser cette femme, la pousser vers la joie, vers la jeunesse qu'elle a perdue à cause de lui… Il meurt un an après la naissance de leur fille. Enfant, Anna prétendra se souvenir du visage de son père. C'est impossible, bien sûr. Elle n'a vu que de vieilles photos…

Elias nota le moment où soudain le froid cessa. Ils contournèrent le camp, entrèrent dans un bois d'aulnes noirs. Il retira son écharpe et ne sentit plus le tranchant du vent. La jeune femme qui lui faisait face parut vertigineusement proche, connue comme personne encore durant sa vie. Il crut se rappeler même la voix de l'enfant qu'elle avait été ! Et aussi toutes ces journées d'hiver qu'elle avait vécues avant leur rencontre. Il devinait, avec une foi de croyant, la douleur et la beauté de ce qu'elle gardait dans ses yeux. Et, comme une ivresse, il ressentait le silence de la maison où, petite, elle observait un rayon du couchant sur le portrait d'un soldat, puis une branche couverte de cristaux qui bleuissait derrière la vitre... Maintenant, avec la même intensité il reconnaissait cet air soudain attiédi qu'Anna respirait, et la rugosité de l'écorce que sa main effleura...

C'étaient les arbres que les autorités du camp avaient fait raser pour mettre fin aux chants d'oiseaux. Elias leva la tête : tout en haut, les rameaux nus constellés de gemmes de glace sonnaient doucement, sous le vent, comme un écho des trilles d'autrefois... Sa chapka glissa, tomba dans la neige. Il la ramassa, mais tarda à se couvrir tant il avait chaud.

« J'y suis enfin... », la pensée se forma, confuse, exprimant pourtant bien ce qui lui arrivait. La vérité sereine de sa présence ici, dans ce lieu du mal oublié, dans l'éblouissement d'une plaine neigeuse, aux côtés d'une jeune femme grâce à qui tout dans cette journée se révélait essentiel, même la simple beauté de ces pointes de cils argentées de givre. La vie devenait telle qu'elle devait être.

« Maman vient ici une fois par an, début juin, dit Anna. Le jour anniversaire de la mort du père. Elle y passe la nuit. Je l'ai accompagnée une fois. Quand on entend les oiseaux, on ne croit plus vraiment à la mort et on a l'impression que lui les entend aussi... Couvre-toi bien. Il est temps de rentrer. »

Il reconnaissait chaque arbre, chaque reflet du soleil bas sur la neige. Ou plutôt il se reconnaissait dans cette journée qui semblait l'attendre depuis toujours et dans laquelle, enfin, il revenait. La main d'Anna qui lui ajusta son écharpe surgit d'un souvenir très ancien, grisant de tendresse. Il saisit ses doigts, les serra contre son visage, ferma les yeux… Quand ils reprirent leur chemin, il déboutonna son manteau, l'air lui paraissait doux, odorant. Et déjà dans l'obscurité, aux abords de Sarma, sa respiration devint si brûlante qu'il se crut capable de réchauffer, d'un souffle, les vieilles isbas transies du hameau.

La nuit, à travers la fournaise de la fièvre, jaillit un instant de grande limpidité. « Je l'aime… », s'avoua-t-il avec une simplicité désarmée. Anna se tenait sur le seuil de la chambre.

Le lendemain, la veille de leur départ pour Moscou, la mère d'Anna leur transmit l'argent que les habitants de Sarma avaient rassemblé pour qu'ils puissent rentrer en avion.

Pendant les neuf heures que dura le vol, dans l'étouffement de la maladie, Elias vacilla entre la certitude absolue du bonheur et la conscience de ne pouvoir jamais retrouver la lumière de cette autre vie brièvement entrevue. Il aurait fallu retourner à Sarma, y vivre avec Anna, dans la joie constante, humble et lente, rythmée par le flux et le reflux des saisons. La toux l'étranglait, il respirait comme une bête traquée et se disait qu'Anna avait tout fait pour fuir Sarma, pour échapper à l'endormissement des longs hivers, à la mémoire morne des morts. Non, il aurait fallu l'emmener sur les îles de Luanda, sous le soleil qui sentait les algues tièdes et le bois chaud des barques. Il se redressa sur son siège, se mit à parler des couchants qui découpaient les silhouettes des pêcheurs, de la femme, sa mère, qui attendait leur retour. Ils allaient s'y installer, elle allait aimer ce pays… Soudain, il se rappela qui il était : un jeune nègre, privé de patrie, un demi-singe pour ceux qui occupaient l'Angola. Le nœud coulant des pensées se resserrait de plus en plus. À un moment, le visage d'Anna lui parut cerné de noir, méconnaissable. Qui était-elle, en fait, cette femme qui lui tendait un comprimé et un verre d'eau ? Celle qui s'arrêtait au milieu d'un infini neigeux et rendait vivant et nécessaire chaque instant qui passait ? Ou bien une jeune provinciale qui voulait à tout prix rester à Moscou ? Et que faire de cette senteur de givre qu'exhalait sa robe quand elle remontait dans le train ? Et de ce poème qu'elle aimait dans son adolescence : un chevalier descendait dans l'arène au milieu des fauves et ramassait le gant qu'une dame avait laissé tomber ? Et de l'enfant qui dans une isba silencieuse parlait à la photo d'un soldat ?…

Il éprouva une pitié poignante pour cette enfant devenue adulte. Au lieu des bouts de rêves qu'il pouvait lui offrir, elle devait tout faire pour réussir à Moscou, loin de ces hivers sans fin, de ces fantômes de camps. Elle devait épouser ce Vadim, ce fils à papa, gentil et doux. Si seulement cela pouvait la rendre heureuse...

L'avait-il dit, tout cela, dans un moment d'inconscience ? Lui avait-elle répondu ? C'est en tout cas pendant le vol qu'elle lui apprit son secret : pour être admise à l'université, elle avait menti en disant que son père avait été tué à la guerre. Elle vivait dans la peur d'être démasquée, renvoyée, de se retrouver à Sarma...

Vers le soir, durant quelques minutes d'apaisement, il regarda derrière le hublot. À peine rosie par un soleil mat, une étendue blanche, uniforme se déroulait, pareille depuis le départ. La liberté de ces espaces enivrait, donnant l'envie de les parcourir dans tous les sens, de se poser n'importe où, de repartir. Et pourtant, dans cette immensité, la vie d'Anna traçait une ligne fragile, suspendue à un mensonge, tendue entre ce Moscou de rêve et l'enfer de glace de son village natal. Un peu comme ce pointillé d'une route, en bas, au milieu des champs sous la neige.

Elle venait le voir chaque jour pendant sa convalescence. Ils parlaient peu, désemparés par la fatalité du choix que leur voyage venait de révéler : Moscou, Sarma, le bonheur calculé, ici, au prix du renoncement au bonheur improbable, là-bas. Le destin, un tracé précis qu'il fallait suivre sans faute. La générosité des chimères, la misère du bon sens. Et l'odeur de la forêt hivernale que gardaient les vêtements d'une femme remontant dans un train...

Avec l'énergie de la guérison, il parla un jour de la lutte qui pouvait changer la face du monde, de la participation à l'Histoire... Anna l'écouta, un peu gênée par sa verve. Il se rendit alors compte qu'elle était née et vivait dans un pays qui avait divinisé l'Histoire et sacrifié des millions de vies pour créer une humanité nouvelle. Avec désarroi, il constata que ce qu'il aimait le plus dans ce monde nouveau, c'étaient justement les débris de ces vies anciennes sacrifiées, ces «scories humaines», les gens de Sarma... C'est auprès de ces déchus qu'il avait trouvé la vraie fraternité...

Il tenta de l'expliquer à Anna et reçut une réponse très juste dans sa cruelle candeur: «Tu sais, à Sarma, vivent ceux qui n'attendent plus rien de la vie. Et c'est peut-être ça qui les rend fraternels. Ils ne sont pas... comment dire... ils ne sont pas avides. Moi, j'attends encore beaucoup de ma vie! Oui, je suis avide. Plus tard, peut-être...»

Longtemps, Elias garderait dans sa mémoire le paradoxe de cette avidité qui nous oblige à épuiser, jour après jour, une existence que nous savons fausse et vaine, tandis que la lumière d'une vie tout autre nous est déjà connue.

À la reprise des entraînements, pendant l'assaut contre le « palais présidentiel », il se dirait que cette mise en scène révolutionnaire résumait à merveille l'Histoire humaine : grandes paroles, effervescence des combats et des haines, victoires trop gourmandes de cadavres et, à la fin, à l'écart des vainqueurs, cette journée d'hiver grise, calme, la senteur d'un feu de bois, la sensation intense de se reconnaître.

Durant son absence, la poupée en celluloïd qui désignait dans le « palais » la chambre d'enfants avait perdu son habit de tulle et ressemblait encore plus à un bébé mort.

IV

Elias s'apprêtait à quitter le « palais présidentiel » quand l'instructeur en chef lui dit de le suivre. « Il y a des gens qui veulent te parler, à Moscou… », l'informat-il sobrement. Inutile de demander des précisions, il connaissait bien cette mentalité du secret.

Après une heure de voiture, ils se retrouvèrent dans un bureau dont le mobilier en gros monolithes de bois et l'abondance d'appareils de téléphone étaient là comme pour souligner que les choses sérieuses commençaient. L'instructeur s'effaça devant deux personnages qui saluèrent Elias sans esquisser le moindre sourire. Dès les premières minutes, il devina que cet entretien serait un jeu de symboles plus qu'un véritable échange. Lui, le simple jeune nègre, allait avoir le privilège d'observer les rouages de la puissance soviétique. On allait l'adouber, l'investir d'une mission… Les deux hommes, l'un grand et massif, ressemblant à un dogue grisonnant, l'autre sec, sportif, furent peu loquaces. «Les visées interventionnistes des USA», «notre aide militaire aux forces de libération», «les colonisateurs portugais», «percer les secrets de l'ennemi», quelques formules de ce genre n'étaient que le cadre vocal de la scène. L'important se concentra dans le silence de l'instructeur en chef devenu soudain un subalterne, dans la sonnerie d'un appareil et la réponse grave de l'homme aux cheveux gris: «Oui, on va rédiger une note expresse pour le Politburo.» Mais surtout dans la fixité presque granitique des corps, le poids calme des gestes et des regards qui devaient incarner la force inébranlable du régime. Et c'est seulement à la fin, quand tout le monde se leva, que l'homme-dogue se permit une intonation plus informelle: «Elle va bientôt bouger, ta patrie angolaise, il faudra être prêt. Nous aurons besoin de toi… Le commandant (il eut un hochement de tête en direction de l'instructeur) t'expliquera les détails…»

Elias allait constater que les «détails» englobaient et la formation qu'il suivrait en tant que futur agent de renseignements, et son engagement dans des mouvements de subversion menés en Afrique, et tout simplement sa vie, qui, désormais, appartenait à la Cause. La solennité hautaine des deux personnages qui, sans même le consulter, lui avaient annoncé cela l'agaça. Mais tout de suite il se souvint que l'ordre émanait d'une puissance capable de raser le monde mille fois par des foudres nucléaires. Et qu'elle faisait face à une autre puissance, américaine, tout autant apte à calciner la planète. Et que, dans cette lutte qui depuis longtemps avait dépassé l'homme, il était possible, peut-être, de devenir un minuscule rouage tournant dans le sens du bien. Et que pour lui ce bien serait sa patrie, où il n'y aurait plus de villes interdites aux Noirs.

Les mois qui suivirent firent de lui ce que, adolescent, il rêvait d'être: un révolutionnaire professionnel. Ce qu'il serait en effet jusqu'à sa mort. Pourtant, en me parlant un jour de cette période de formation, il dirait: «Je suis devenu, tu sais, ce genre de Noir qui risque d'éclater du sentiment de son importance, un nègre qui gonfle ses narines comme si le monde entier sentait mauvais. Heureusement, certains de mes camarades avec qui j'allais débarquer en Angola se rengorgeaient encore plus que moi, c'était vraiment comique. Cela m'a dessoûlé…»

Ce qui le dégrisa ce fut surtout la fatalité sereine et impitoyable de son amour pour Anna. Il ne put lui parler du tournant que prenait désormais son destin mais, non sans une certaine jubilation, lui fit comprendre que s'ouvraient devant lui des horizons de dangers et de combats dans des pays inconnus. Elle l'écoutait en silence, tentant un sourire malaisé. Il éprouva, très brièvement, ce mélange de pitié et de contentement de vainqueur, un alliage vil mais qui, à dose variable, se retrouve dans tout amour. Il eut immédiatement honte, étreignit Anna et lui jura de la retrouver malgré les continents qui allaient les séparer. Il croyait véritablement à ce qu'il promettait!

Des années après, il se souviendrait de ce bref moment de vantardise et de son repentir hâtif. Il n'avait jamais été superstitieux, mais ce jour-là il se dirait que son amour pour Anna n'aurait pas dû, pour être sauvé, subir même cette minuscule ombre de vilenie. Elle-même lui avouerait bien plus tard qu'en l'écoutant parler de son probable départ pour l'étranger elle décida de mourir plutôt que de retourner à Sarma…

Mais, ce soir de mars, il croyait qu'ils ne pouvaient qu'être ensemble où que ce fût. Pour Anna aussi cela paraissait une évidence tellement vitale qu'elle murmura ces mots confus, comme à travers un demi-songe: «Même si tu dois vivre très loin et très longtemps sans me voir, nous nous sentirons ensemble, n'est-ce pas?» Ce chuchotement maladroit était à la fois un aveu d'amour et un adieu avant l'heure.

Tout se précipita à partir de ce soir-là. L'Histoire s'emballa: en quelques semaines la dictature tomba au Portugal et l'on parla de plus en plus de la décolonisation très proche en Angola. Elias se rappela les deux personnages qui l'avaient adoubé. Ils devaient, eux aussi, être pris de court par la rapidité des événements. La formation qu'il suivait fut accélérée, on le présenta à ceux qui allaient, dans l'ombre, « diriger les dirigeants » de la République populaire d'Angola dont l'avenir s'écrivait déjà à Moscou. L'une de ces éminences grises, qui se faisait appeler João Alves, l'invita plusieurs fois à déjeuner. De nouveau, Elias se sentit « un nègre qui gonfle ses narines »…

Il avait cette carrure le soir où il se rendait à l'anniversaire d'Anna. Son amie Gina offrit, pour la fête, la chambre qu'elle louait en banlieue. En sortant du métro, il glissa sur un bout de trottoir gelé et frôla un groupe d'adolescents qui fumaient et se chamaillaient autour d'un kiosque. Il aurait dû ne pas répondre à leurs injures, baisser la tête, filer. Il s'arrêta, chercha à s'expliquer. Des coups le criblèrent, pas vraiment puissants ni précis, une mitraille de poings excités par la proie insolite. Ils lui arrachèrent le bouquet qu'il essaya d'abord de protéger, firent tomber sa chapka. Leur brutalité n'avait rien à voir avec l'agression dans le dépôt des trains. Là-bas, il avait senti la haine des hommes mûrs. Cette fois, c'étaient des jeunes voyous maigres aux mains bleues de froid. Pour eux, la bagarre fut presque un jeu d'échauffement. Ils le lâchèrent justement comme des enfants lassés par un jeu. Soudain, leur bande cessa l'assaut et courut vers un divertissement plus entraînant... Il toucha son visage : son nez et ses lèvres saignaient. Les fleurs, piétinées, jonchaient la neige. Deux boutons manquaient à son manteau. Un petit garçon qui marchait avec sa mère pointa un doigt sur ce grand Noir qui s'essuyait avec un mouchoir taché de rouge. Elias eut envie de les repousser tous les deux puis se détourna et dut faire un effort pour ne pas pleurer.

Il rentra à pied, en chuchotant des reproches, en pestant contre ce pays, contre la lenteur avec laquelle naissait ici l'homme nouveau, contre le stupide redresseur de torts qu'il venait de jouer. Il accusait Anna, sa résignation, et Moscou, cette ville écrasante et froide, les Russes et leur passé d'esclaves. Pourtant c'est ce passé qui les lui rendait proches. À la fin, il trouva une consolation amère en se disant qu'il saurait éviter à l'Angola tous ces défauts qu'il avait observés en URSS. Et que la révolution angolaise n'aurait aucune de ces tares héréditaires.

Il croisa Anna à deux reprises durant le temps qui précéda son départ (il lui cacha l'épisode de la bagarre, inventa une mission dans un camp militaire en province). La première fois, il ne l'aperçut pas. C'est elle qui allait lui raconter la scène : il sortait d'un restaurant avec un homme très élégant (c'était Alves) et une femme jolie et rieuse (l'épouse de ce dernier), ils s'installaient dans une voiture de modèle étranger, et Gina, qui accompagnait Anna ce jour-là, lança un sifflement: « Eh bien, ma pauvre amie, tu peux toujours courir après ton beau nègre. Lui, tu vois, il préfère se taper cette nana sur ses talons aiguilles… »

La seconde fois, comme dans un reflet de miroir, c'est Elias qui, après deux heures d'attente dans le hall de l'université, surprit Anna escortée par Vadim et un homme âgé (le père du jeune homme, apprendrait-il plus tard). Anna pleurait, Vadim agitait les bras comme pour chasser une abeille. Le père, l'air soucieux mais volontaire, parlait sur un ton rassurant, posé. Pour un bref moment fantasque, le trio rappela à Elias ces mariages d'autrefois, des mariages arrangés, où soudain la fiancée fondait en larmes. Non, c'était plutôt un incident entre proches dans lequel il n'avait pas de rôle à jouer.

Ils restèrent sur ce double malentendu pendant plus d'un mois, puis, en quelques minutes de conversation au téléphone, il lui parla de João Alves, et Anna lui raconta cette lettre anonyme qui était parvenue au recteur de l'université: elle y était présentée comme la fille d'un criminel de droit-commun. Le père de Vadim, usant de toutes ses relations, avait réussi à étouffer l'affaire…

Il allait partir d'un aéroport militaire où elle ne pouvait avoir accès. Ils passèrent la soirée de la veille à marcher lentement dans les ruelles sommeilleuses entre la Moskova et la Yaouza, sous la bruine du début d'avril. Leurs vies avaient déjà beaucoup divergé et continuaient à s'éloigner l'une de l'autre pour n'avoir plus, bientôt, aucun point d'intersection. La tourmente des guerres et des révolutions africaines où il allait plonger. La vie de l'élite moscovite qu'elle allait devoir affronter. Pourtant, ce soir-là, ces destins leur semblaient sans rapport avec leur vraie vie. L'essentiel était déjà trouvé, ils le portaient en eux, en partage. Au moment de se quitter, ils ne s'enlacèrent pas, se regardèrent seulement pendant un long moment. «Tu sais, dit-il, nous reviendrons un jour à Sarma, nous trouverons cette orchidée sous la neige…»

En vérité, il ne parla pas de ce retour, craignant de la faire pleurer. Simplement, durant les années qui lui restaient à vivre, dans les heures les plus douloureuses de ces années, il répéterait ces paroles, telle une prière silencieuse que personne d'autre qu'Anna ne connaissait.

V

En avril 1977, dans une rue de Luanda, il surprit la conversation d'un couple. L'homme expliquait à son épouse qu'elle avait tort de ne pas nettoyer la poêle tout de suite après le dîner car la graisse, durcie, dégageait un graillon insupportablement puant. Les époux marchaient en poursuivant une altercation molle, chacun rejetant sans entrain les arguments de l'autre. Au prix que coûtait l'huile, affirmait la femme, mieux valait en garder une couche au fond de la poêle...

Un écho comique résonna en lui: Cuba, une jeune pasionaria française agacée par l'embourgeoisement des « masses populaires » occupées à frire le poisson dans les nuages âcres de l'huile... À présent, l'Angola, l'an III de la révolution. Il jeta un coup d'œil sur le couple qui longeait l'avenue Dos Combatentes. Le mari, probablement membre du MPLA, la femme, vu son langage et sa mise, une fonctionnaire. Tous deux assez jeunes. Tristes.

Les Portugais avaient décampé, le pays appartenait aux Angolais, les quartiers interdits aux Noirs n'existaient plus. L'ivresse de la révolution toute neuve était là pour faire de chaque mot, de chaque pas une aventure, une gerbe de flammes! «Si la révolution ne change pas notre façon d'aimer…» Elias sourit, se rappelant les rêves exaltés de son adolescence. Au loin, le couple continuait à polémiquer: l'homme secouait sa main droite, imitant sans doute le bon grattage de la poêle.

L'ivresse, il l'avait éprouvée puissamment dès son retour. D'autant que le succès de la révolution s'était montré d'une fulgurance à peine croyable. Les colonisateurs avaient plié bagage et le MPLA, le parti marxiste-léniniste (le parti unique, disaient les mauvaises langues), s'était mis à édifier la société du futur. Pour comprendre cette rapidité, il avait relu un livre sur la révolution de 1917 et constaté qu'en Russie la prise du pouvoir avait été aussi miraculeusement simple. Était-ce un piège que l'Histoire tendait aux révolutionnaires grisés par la victoire?

Il repensa à ce piège en croisant les époux qui parlaient de leur poêle à frire. L'an III de la révolution… Il revenait du Zaïre, après une mission de renseignements dans cette guerre absurde («une guerre lasse», se disait-il) qui opposait les deux pays. Le gouvernement angolais voulait savoir ce que pesaient dans ce conflit les anciens réfugiés katangais. Les services soviétiques s'intéressaient, eux, à la possibilité de saper le régime de Mobutu. Sur le terrain, cette curiosité des uns et des autres avait mené Elias vers un soldat angolais qui se désaltérait, le visage plongé dans l'eau d'une rivière. En s'approchant, il avait vu que l'homme était mort et que des alevins jouaient autour de sa tête baignée par le courant. Dans la forêt le long de la berge, les cadavres avaient eu le temps, eux aussi, de prendre des poses de vivants. C'est ainsi qu'on voit un champ de bataille quand on le découvre après les combats...

Il avait lui-même été touché par un éclat de balle : cette strie au-dessus du sourcil gauche. « Je n'avais vraiment pas besoin de cette signature », se dit-il avec dépit. L'entaille marquait le faciès de Noir « générique » qu'il arborait. Devant le miroir, il pensa subitement que ce sourcil légèrement froncé par la cicatrice pourrait être vu, un jour, par Anna... Depuis longtemps il s'était imposé de n'avoir de ce passé russe qu'un seul reflet : le train, l'arrêt au milieu d'une taïga enneigée, une jeune femme qui remonte en emportant dans le tissu de sa robe la senteur de la nuit... Dans son métier, la drogue des souvenirs était un danger redoutable à cause de leur tendresse.

La discussion au sujet d'une poêle mal lavée fut un déclic, à la fois risible et pertinent. Il en nota d'autres, tout autant superficiels et graves. Pendant un certain temps, il réussit à ne pas leur donner ce sens définitif: *Quand meurent les révolutions…*

«Le glas sonne quand apparaît ce genre de femme», pensa-t-il ce soir-là, dans un dîner officiel. Assise en face de lui, l'épouse d'un dirigeant du parti gonflait les joues pour escamoter un rot, soupirait, touillait avec sa fourchette les restes d'un plat. L'an III de la révolution et quelque part, au bord d'une rivière, ce jeune soldat mort et, sur la rive opposée, un village où les enfants se seraient étripés pour le plat que tournait et retournait la fourchette…

Un autre signe, cette engueulade hautement idéologique entre João Alves, devenu ministre, et un gradé de l'armée: ils ne parvenaient pas à se départager une belle voiture arrivée, en contrebande, dans le port de Luanda.

Ou peut-être les révolutions meurent-elles quand on commence à les visiter comme des vernissages. Cette grande Belge, amie de son père, dans le Kivu. Louise Rimens, venue faire du tourisme révolutionnaire à La Havane. Maintenant, ces spectateurs de l'Histoire en marche, ces Européens qu'il croisait à Luanda.

Au mois de mai, il oublia ces minuscules signaux qui révélaient l'épuisement de l'idéal révolutionnaire.

L'insurrection populaire contre le régime du MPLA éclata. Le président Neto la noya dans le sang. La répression contre les «fractionnistes» emporta bien des amis d'Elias. «Le glas sonne quand les révolutionnaires commencent à s'entre-tuer», se disait-il, et il n'était pas certain de sa propre survie. Son officier traitant des services secrets soviétiques cessa tout contact, Moscou attendait de voir jusqu'où iraient les répressions: fallait-il sauver son agent du bourbier angolais ou bien le sacrifier?

Elias fut épargné. «Jeune mais prometteur», plaisanta-t-il aigrement. Les Soviétiques rétablirent le contact en le chargeant d'une nouvelle mission: obtenir l'autorisation d'assister aux interrogatoires des «fractionnistes». Il y parvint. Dans une cellule, il vit une femme couchée, inconsciente. Sous sa robe déchirée pointaient des côtes fracassées.

Il se rappela que le président Neto écrivait des poèmes.

En 1978, Elias fit partie de la délégation angolaise qui accompagna Neto au Zaïre. Cette visite du président marxiste chez Mobutu fit enrager le Kremlin et sans doute, pensa Elias, le compte à rebours venait-il d'être lancé pour le poète Agostinho Neto… Drôle de voyage, pendant lequel Elias nota, ébahi, que les soldats qui fourbissaient la voiture du maréchal Mobutu usaient d'une eau de toilette française, en spray, pour frotter les enjoliveurs.

En mai 1979, il revint à Kinshasa avec une équipe qui devait préparer le nouveau sommet Neto-Mobutu. C'est là qu'il apprit l'arrestation d'Antonio Carvalho, le vétérinaire de Dondo qui lui avait fait lire Marx. L'homme vivait à présent retiré dans le nord du pays, ne se mêlant pas de politique. Mais la chasse aux «fractionnistes» avait besoin de démasquer des ennemis partout.

Elias quitta Kinshasa en voiture, passa par Kikwit, espérant atteindre le Lunda Norte le lendemain. Il fut arrêté à la frontière, non par les gardes zaïrois mais par les soldats de l'UNITA. La cruauté des tortures fut, somme toute, inutile car la vérité qu'on essayait de lui arracher était difficile à admettre: homme de Neto, il venait dans le Lunda Norte pour sauver quelqu'un que Neto allait tuer.

On le jeta dans une case en pisé, le laissant sans eau pendant une journée et demie. Il perdit plusieurs fois connaissance et, la seconde nuit, revint à lui en entendant, à travers le brouillard de la douleur, un chuchotement dans une langue qu'il connaissait. Il fit un effort pour décoller ses paupières, vit deux ombres qui bougeaient dans l'obscurité. Deux hommes que les soldats venaient d'enfermer dans cette prison aux murs décrépis. Une voix sourde marmonna des injures visant les militaires de l'UNITA puis se mua en ronflement. Une autre, plus jeune, murmura soudain très distinctement : « Je voudrais mourir autrement, pas comme ce nègre... » En russe.

Le jeune prisonnier avait peur, Elias devinait sa fébrilité dans le noir. Cette détresse chez un étranger venant peut-être pour la première fois en Afrique le toucha. Il aurait voulu le rassurer, lui parler d'un échange de prisonniers qu'envisageaient sans doute les militaires de l'UNITA, sinon ils les auraient abattus tous les trois… Comme ces paysans qu'ils venaient de fusiller. Il n'avait pas la force de le dire, ni même de faire signe au Russe. Ses mains et ses pieds étaient attachés par un fil de fer qui lui incisait la peau. Pourtant la volonté d'aider l'autre l'aida lui-même à se tenir en éveil.

Par la fenêtre sans carreau parvenaient les voix des soldats. Il comprenait qu'ils étaient en train de violer une femme. Cette grosse Zaïroise, au visage très enfantin, joufflu, qu'il avait aperçue juste avant d'être jeté dans la case de la « prison »… Le jeune Russe se redressa pour épier ce qui se passait dehors. Un des soldats dut le voir, la porte s'ouvrit, des grosses bottes se mirent à cogner, un peu à l'aveugle, dans les trois corps étendus. Le jeune homme protégeait sa tête comme l'eût fait un boxeur à bout de résistance. Son camarade plus âgé sut amortir les coups grâce aux écarts brusques, musclés de son corps entraîné.

Elias imagina ce que pouvait comprendre de cette nuit le jeune prisonnier qui, de temps en temps, chuchotait dans l'obscurité tantôt des jurons, tantôt des plaintes. Il devait voir un monde nettement divisé entre les salauds, ces brutes de l'UNITA qui violaient, tuaient, se vendaient aux Américains, et les héros ou, au moins, les gens de bonne volonté qui luttaient pour guider l'Afrique sur la voie magistrale de l'Histoire. Oui, une vision claire et tranchée de ce genre. Tentante clarté…

Ce monde joliment coupé en deux n'existait pas, Elias le savait. Cette nuit était, à elle seule, un écheveau indémêlable de vies, de morts, de mots, d'envies, d'abîmes. Il y avait cette femme au visage d'enfant et à la lourde croupe charnue, que les soldats possédaient à tour de rôle. Le viol, en détournant leur agressivité, avait peut-être évité aux trois prisonniers d'être exécutés. Quiconque sachant lire les destins aurait démontré que leur vie ne tenait qu'au plaisir offert par la croupe d'une femme à quatre pattes sous la douce coulée de la lune. Et dans la même nuit, dans une ville qu'Elias n'avait pas pu atteindre, un vieil homme, le vétérinaire Carvalho, mourait supplicié. Et sur la terre battue d'une case était couché ce Noir de grande taille («moi», s'étonna-t-il), en fait presque un cadavre aux plaies qui grouillaient d'insectes. Adolescent, ce Noir avait vu dans la cour d'une prison un homme étendu en plein soleil et dont le corps présentait à peu près les mêmes blessures bouillonnantes de mouches. L'adolescent avait fait alors le serment muet de lutter contre le monde où un homme pouvait être transformé par ses semblables en cette chair vermineuse. L'adolescent avait grandi, lutté et, à présent, malgré la douleur, il souriait tant la répétition du passé était cocasse et cruelle.

«Les hommes invoquent l'Histoire, la politique, la morale… Cela leur permet de tout expliquer. Le chef de l'UNITA, le méchant Jonas Savimbi, est soutenu par le méchant maréchal Mobutu qui est soutenu par les méchants impérialistes américains. Et le bon président du MPLA Agostinho Neto, soutenu par Moscou, combat ces affreux pour que triomphent les idéaux de la fraternité. Comme tout cela est clair!»

Elias ouvrit les yeux : dans l'épaisseur touffue de la nuit, cet enfant ivre qui, du dehors, passa sa tête dans l'embrasure de la fenêtre et menaça les prisonniers avec une mitraillette. Il pouvait tirer par jeu ou par simple contraction des muscles. Son visage était affublé d'un masque à gaz au tuyau arraché. Les verres étaient cassés et ses yeux embrumés de drogue se montraient tantôt haineux tantôt alanguis comme ceux d'un enfant malade. Ce regard n'existait pas pour les hommes qui aimaient la clarté.

Comme n'existaient pas les pensées syncopées de cet Africain («moi», s'étonna de nouveau Elias, et il se sentit déjà détaché de ce corps couvert de saignées, de cette voix qui veillait encore en lui). Deux mois auparavant, une rencontre lors d'un raout diplomatique à Lusaka. Anna avec son mari en poste à l'ambassade soviétique. Une jeune femme très à l'aise au milieu du va-et-vient absurde des mondanités. Plus belle qu'autrefois, plus épanouie. Et ce Vadim qui avait gardé une légère courbure dans le dos, un air doux de myope. Ce ne fut pas difficile de les éviter…

L'enfant réapparut à la fenêtre, pointa l'arme, la secoua. «Tire! Mais tire!» se surprit à penser Elias, et il s'en voulut de cette faiblesse. L'image passa quand même dans son esprit: une rafale, une douleur brève qui supprime la douleur longue d'une journée et demie, efface le visage d'Anna qui par sa nouvelle beauté trahit le visage qu'il aime. Et après la rafale, le néant, qui ne peut être que la senteur de la neige dans les plis d'une robe de laine grise…

Il revint à lui en entendant ce cri. Une exclamation brève, un timbre féminin, on eût dit joyeux, puis ce coup de feu. À travers le battement du sang dans ses tempes, il saisit la conversation des soldats : la Zaïroise qu'on venait d'abattre cachait des diamants dans sa bouche... Le jeune prisonnier russe était de nouveau près de la fenêtre. Elias devinait ce qu'il pouvait voir. Une femme morte, un soldat qui retirait de sa bouche de petits granules gris.

Il comprit alors que le seul regard vrai sur le monde était bien celui-là : dans la touffeur moite d'une nuit, des hommes s'attroupent autour d'une femme qui vient de perdre la vie, serrent son corps encore tiède qu'ils ont tous sailli, l'un d'eux, sans se presser, fouille avec son index la bouche de la femme, la lune est presque pleine (la clarté !), un enfant drogué dort adossé à un arbre, et à quelques dizaines de kilomètres de là dans des villes et des villages la vie continue, les gens se préparent à passer au lit, à Luanda un couple parle de la graisse restée dans une poêle, à Lusaka une jeune femme dort à côté de son mari diplomate qu'elle n'a jamais aimé, à Paris une intellectuelle rédige un texte sur les révolutions trahies, tandis que sous la boue de la plaine russe, sous la pierraille des déserts américains sommeillent de gigantesques cylindres bourrés de mort qui peuvent s'envoler à tout moment et effacer cette terre bleuie par la lune. Et au plus profond de ce monde dément il y a un répit, cette maison en bois, une femme qui, à la tombée de la nuit, sort sur le petit perron enneigé et regarde la route blanche sous l'étagement noir de la taïga... Il pourrait frapper à la porte de cette maison demain, il serait accueilli comme s'il revenait pour toujours.

Il parvint, encore un instant, à voir le monde ainsi, dans la totalité de ses vies reliées entre elles. Puis sa vue se brouilla, ce regard n'était pas soutenable pour un humain. Ses yeux l'avaient supporté car la mort approchait et il était donc plus qu'un homme.

Un chuchotement fiévreux sembla venir déjà de l'autre côté de la vie. Il bougea la tête et la douleur d'une entaille qui se rouvrait à son épaule le réveilla. « Pourquoi ils mettent si longtemps à la tuer ? » Elias reconnut la voix du Russe, des paroles déformées par la peur. Il voulut de nouveau le rassurer, lui parler des commandos cubains qui allaient sans doute attaquer à l'aube (la veille, il avait entendu leurs tirs, ce genre de tirs qui incitent l'ennemi à riposter et donc à se trahir). Il allait s'en sortir, ce jeune homme, il garderait même peut-être un souvenir exaltant de cette nuit : la complicité avec la mort, un clin d'œil de la folie, et puis cette femme morte crachant les diamants... Des prises de vue pour un livre qu'il écrirait probablement, l'âge venant, comme font les Blancs pour tirer un trait sur leurs années africaines. Tout serait clair dans ces pages. Des salauds, des héros. Et tout le monde aurait un destin partant du point A pour arriver au point B. « Pourtant, quand la mort vous regarde calmement dans les yeux, vous comprenez qu'il y a dans votre vie juste quelques heures, de soleil ou de nuit, quelques visages auxquels vous revenez sans cesse même en vous éloignant d'eux…» Les pêcheurs sur l'île de Cazenga, une femme qui les attendait. Puis la même femme assise sur le seuil d'une case, un enfant recroquevillé à ses genoux, le visage noyé dans le creux du coude de sa mère. Puis cet instant où il était le plus intensément lui-même : un arrêt dans une petite gare enneigée, une jeune femme qui monte sur un marchepied… Et aussi ce crépuscule d'hiver, une femme âgée qui debout sur le perron de sa maison regarde le tournant d'une route…

Il reprit connaissance en sentant une main qui, sans ménagement, fouillait les poches de sa veste. Dans sa pensée des mots se formèrent, en portugais : «*Não, não sou morto…*» Sa bouche était trop sèche pour articuler, ses lèvres collées par le sang. Non, de toute façon, il fallait dire autre chose. Dans l'obscurité, il reconnut le chuchotement du jeune homme russe qui se parlait à lui-même, sans s'entendre. Elias savait qu'il n'y avait rien dans les poches de sa veste, les soldats avaient pris ses papiers, son argent, son carnet… Ce stylo ! Coincé à l'horizontale dans une poche intérieure comme dans une cachette. Le jeune prisonnier était en train de le débusquer. Maigre butin, et puis il ne savait pas que…

«L'encre… l'encre a séché… Mais si tu pouvais retenir une adresse…»

L'homme qui aimait

I

Sa détermination n'a pas changé quand il a vu trahies les idées pour lesquelles il s'était toujours battu. L'URSS abandonna en Afrique de sanglants vestiges d'idéaux, des ruines de rêves et les ombres de ceux qui y avaient cru et en étaient morts. Je lui ai parlé de cette fin peu glorieuse et, rudement comme se le permettent les vrais amis, j'ai évoqué son engagement à lui dont la fidélité me paraissait désormais vaine. Sa réponse m'a frappé par son ton, celui des vérités qui ne vieillissent pas. Dans sa jeunesse, il avait appris le destin d'un général russe, Karbychev, qui, prisonnier des nazis, résista pendant de longs mois à toutes les tentatives faites pour le retourner, rejetant les promesses les plus flatteuses, méprisant les menaces, bravant les tortures. Par un jour de froid cinglant, les SS le firent sortir nu et se mirent à l'arroser d'un jet d'eau. L'homme resta debout, immobile, se transformant lentement en une statue de glace... Je me souviens d'avoir suggéré à Elias que nous n'étions plus à la même époque et que notre monde n'était plus... Il m'a coupé la parole sans brusquerie en disant qu'il vivait toujours dans un monde où l'on pouvait laisser mourir une femme à la clavicule brisée par une botte de soldat. « Chez votre Dostoïevski, a-t-il ajouté avec un sourire durci, Ivan refuse la société idéale car, pour la construire, on serait obligé de voir un enfant verser une petite larme. Je ne suis pas aussi rigoriste... Mais je suis l'enfant qui a vu sa mère se prostituer pour une bouchée de pain. Donc, comprends-moi bien, on ne me fera pas tourner casaque facilement... »

Je n'ai jamais écrit sur la vie d'Elias Almeida. J'ai noté ce fragment il y a deux jours, dans l'avion, en pensant le citer au colloque « Les destins africains ». Chaque écrivain invité devait lire un bref témoignage personnel.

J'ai vite compris à quel point je m'étais trompé dans le choix du texte, pour ainsi dire. Depuis quinze ans, je n'étais pas retourné en Afrique...

À présent, dans le cocktail qui rassemble les participants, j'essaye de comprendre en quoi ont changé les modes de penser, les comportements. De comprendre surtout ce qui rend ces quelques notes sur Elias parfaitement anachroniques pour ces gens qui boivent, se sourient, s'embrassent, rient, échangent leurs cartes de visite. On voit au milieu de la salle un noyau formé par les costumes sombres des « gros nègres des conférences internationales » venus pour débattre du développement durable. Un tournoiement de secrétaires et d'attachés de presse les protège. Deux caméras d'une équipe de télévision fendent lentement la foule. Je distingue un écrivain africain qui est intervenu cet après-midi : d'une voix de pythie, il a exalté la magie ancestrale, inaccessible aux cerveaux européens, les traditions et les rites sans lesquels l'Afrique ne serait plus l'Afrique, les arbres à palabres, le sens du sacré... Il parle maintenant avec un confrère qui, à la même table ronde, a pourfendu les « nostalgiques », les « fossoyeurs ». Ceux, en somme, qui ne pensaient pas, comme lui, que l'Afrique « surfait sur toutes les nouvelles vagues », « swinguait au rythme de la modernité », et même « greffait ses couilles de nègre à la culture asthénique de l'Europe ». Je vois aussi ce romancier français, osseux et malingre (« asthénique »...), qui se dit « aventurier de l'Afrique profonde », après avoir fait deux voyages au Sénégal. Il est en train de se pâmer devant un groupe de chanteurs traditionnels dont les boubous multicolores sentent le textile neuf. À côté d'eux, un cercle frétillant de rappeurs qui vont se produire ce soir : des petites gueules satisfaites de gigolos, des grimaces d'enfants gâtés du politiquement correct, un accoutrement qui revendique sa laideur de contre-culture domestiquée et puant le fric. Enfin, en face d'une vingtaine de dessins accrochés au mur, le couple que je reconnais : cette grosse femme blanche aux cheveux couleur betterave, l'une des organisatrices du colloque, et son amant, le dessinateur kinois. Il donne une interview aux journalistes en pointant le doigt sur ses dessins, elle l'observe un peu comme s'il était sa créature...

En fait, y a-t-il un si grand changement ? Depuis quinze ans, vingt ans... Autrefois, comme aujourd'hui, j'aurais pu voir les mêmes nuques grasses réunies pour partager les prébendes. Les mêmes intellectuels capables, en bonnes danseuses, de swinguer sur n'importe quelle vague pour plaire aux nuques grasses. Un écrivain français, expert autoproclamé en négritude. Et combien de fois ne m'est-il pas déjà arrivé de voir des couples semblables à celui que forment la grosse Blanche et son jeune protégé kinois.

Non, aucun changement véritable. Tout simplement, en quinze ans d'oubli, je me suis persuadé de pouvoir raconter, un jour, la vie d'Elias Almeida. Le temps qui passe fait de nous de doux rêveurs.

Quelques bribes subsisteront de lui, certes, dans la tête des gens qui l'ont connu et qui diront : « Un Angolais engagé pour une cause depuis longtemps perdue, un homme courageux, absurdement courageux même, sans doute aimé des femmes, mais gardant un attachement inexplicable pour l'une d'elles avec qui il a vécu une histoire très inaccomplie, une histoire d'amour ratée, en somme. » Oui, ceux qui l'ont le plus approché pourront, au mieux, raconter cela. Quant aux autres (je regarde la salle), Elias Almeida n'existera jamais pour eux, ils ne voudront jamais que leur fête soit perturbée par le souvenir de destins comme le sien... Les amplis commencent à lancer les premières secousses de batterie, les cordes poussent des miaulements mats. Les nuques grasses se dirigent vers le restaurant. La fête peut commencer.

Dans ma chambre d'hôtel, j'ai le sentiment très physique de l'effacement d'une vie. Quelques années suffisent pour transformer un être vivant en ce fantôme qui hante de moins en moins les mémoires : un jeune nègre qui a, naïvement, lutté pour un monde meilleur, a aimé sans succès, disparu sans bruit. J'essaye fébrilement de me rappeler les détails de cette existence effacée, mon souvenir s'accroche à une parole, à un geste... Mais une vision très récente empiète sur ces reflets d'antan. Le mois dernier, ce bout d'émission télévisée, une discussion sur l'avenir de l'Europe et la voix d'une dame très sûre d'elle, presque méprisante : « Vous vivez encore avec les chimères de la France du plein emploi. La mondialisation est passée par là, ne l'oubliez pas. Et si les Français ne se remettent pas au travail, ce sont les pays émergents qui leur apprendront le libéralisme... » L'animateur rappelle le nom de la dame : Louise Rimens, rédactrice d'un grand hebdomadaire d'économie… Une pasionaria qui «avait épousé la révolution». Se souvient-elle d'un jeune Angolais à qui elle parlait, en pleurant, d'un chien aveugle? Cuba, plus de trente ans avant…

Me revient aussi un article sur le scandale des ventes d'armes à l'Angola et le bourbier pétrolier où pataugeait une grande compagnie française. Un des hommes impliqués avouait avoir été gêné dans ses activités par «un Robespierre angolais» qui luttait très efficacement contre tous ces trafics. «L'identité de ce justicier, écrivait-il, m'est restée inconnue jusqu'au bout…» Cette affaire s'est, depuis, recouverte de la poussière des archives. La compagnie en question a changé de nom. Les réseaux se sont reconstitués. Et seule une poignée de personnes pouvait encore deviner que le «justicier» en question était Elias Almeida.

En fait, il n'a plus d'autre vie que cette présence fantomatique dans des souvenirs brouillés, refoulés, indéchiffrables. Je garde en mémoire la transcription hâtive de ses récits, le pointillé de quelques rencontres, souvent fortuites, en Afrique, en Europe, aux États-Unis. Mais je ne conçois plus aucune logique qui puisse lier ces fragments, sauf l'échec de tout ce qu'il a rêvé, la perte de celle qu'il a aimée.

De la terrasse, dans la densité noire du ciel, je retrouve la constellation du Loup. En bas, sur le grand perron de l'hôtel, la foule des invités s'apprête à aller explorer la vie nocturne de cette capitale africaine. La fête continue. Les nuques grasses s'installent dans des limousines de caricature, la piétaille a droit aux minibus poussifs. À un certain degré de la clownerie sociale, la bêtise humaine provoque presque de la compassion. De l'autre côté de la frontière, si proche de cette ville, la guerre fait rage, les villages brûlent, les adultes tuent les enfants, d'autres enfants deviennent tueurs. Le monde contre lequel luttait Elias Almeida... La porte sur la terrasse voisine s'ouvre, deux silhouettes dissimulées par l'obscurité s'installent dans des chaises longues. La grosse femme blanche et son ami kinois entament l'apéritif verbeux d'un coït.

Ce soir, je me décide à ne plus chercher de logique dans les éclats du passé que ma mémoire a retenus. Le sens de l'Histoire, les causes des guerres et des paix, la morale universelle, tout cela n'a jamais aidé l'humanité à éviter qu'une botte fracasse la clavicule d'une femme et que les enfants apprennent à tuer. C'est la nuit du Lunda Norte qui m'a fait douter de ces sages abstractions. Au lieu de l'Histoire, j'ai vu alors des soldats qui empoignaient une femme postée à quatre pattes qu'ils venaient de violer et de tuer. L'un d'eux retirait de sa bouche morte des menus granules de diamants bruts. Un enfant affublé d'un masque à gaz passait sa tête hideuse par la fenêtre de notre prison et nous menaçait avec une arme trop lourde pour ses bras maigres. Elias lui a parlé et a appris que le père du garçon avait été abattu par le régime du président Neto qui liquidait les « fractionnistes ». Troublé, je me suis accroché, un moment, à cette « logique historique » de la lutte contre les ennemis de la révolution. Avant de comprendre qu'en réalité cette grande loi avait le regard de cet enfant ivre de cannabis, le corps d'Elias couvert de blessures infectées, et la bouche déformée d'une femme où les doigts d'un gros militaire essoufflé cherchaient de petits cailloux laids. Sur sa joue gauche, il avait une cicatrice en forme d'étoile. Au matin, il a été l'un des rares à échapper aux commandos des Cubains… Avec Elias nous nous sommes arrêtés près d'une fosse creusée pour la Zaïroise violée et l'enfant au visage caché par un masque à gaz. La terre était rousse et sentait bon le sous-bois humide. « Le Kremlin ne pardonnera jamais à Neto d'avoir renoué avec Mobutu… », a murmuré Elias comme pour lui-même. Cinq mois après, en septembre 1979, Neto mourait à Moscou. Le sens de l'Histoire… Devant la tombe de la Zaïroise et de l'enfant, une idée de fouilles archéologiques, comme dans un mauvais songe, m'est passée par la tête : que penseraient de notre civilisation les archéologues du lointain avenir en découvrant ce squelette de femme avec quelques éclats de diamants dans la bouche et celui d'un enfant masqué ?

Je me hâte de noter ce que je connais de la vie d'Elias Almeida. Sans imposer à ces fragments un ordre quelconque. Parfois, une coïncidence me tente par son jeu romanesque: le poète Neto, devenu président, tue des milliers d'hommes et puis meurt, comme dans un poème funèbre, en avalant du poison dans un verre de champagne apporté par une jolie femme qui, très calmement, le regarde succomber. Un jeu facile, ces coïncidences, je le sais. La réalité préfère le ratage, le retard, l'impossibilité d'atteindre la pensée d'un être aimé. À l'âge de quinze ans, venant rejoindre son père au Congo, Elias voulait lui raconter cet épisode: le passage d'un camion rempli de soldats portugais, une rafale de mitraillette, les balles qui déchirent le feuillage, des oiseaux qui s'envolent, d'autres qui tombent et celui qui clopine dans la poussière, une aile brisée. Le rire des soldats, le silence. La magnifique gratuité du mal. Elias voulait surtout raconter à son père les circonstances dans lesquelles la mère était morte. «Oui, je sais, on m'en a parlé, dit le père avec précipitation. Oui, c'est… comme ça.»

La véritable logique de la vie serait peut-être tout entière dans cet imparable «c'est comme ça».

II

Kinshasa : un film en noir et blanc.

La blondeur laiteuse de la peau, l'épaisseur charnue des cuisses : une femme retrousse sa jupe moulante et se cale dans une grande voiture de luxe. La nuit découpe des lumières crues, comme toujours en Afrique. La chevelure excessivement dorée de la femme scintille. Ses talons hauts l'obligent, quand elle s'assied, à redresser ses genoux. Son corps replié sur le siège fait penser à une... oui, à une grosse dinde qu'on met au four.

Dans la foule qui se presse sur l'escalier du palais, j'intercepte le regard d'Elias, son bref sourire. Aucun autre échange ne doit montrer que nous nous connaissons. D'un rapide signe d'intelligence, il m'indique un visage au milieu de l'attroupement de costumes sombres et de robes du soir. Un Africain d'une quarantaine d'années, grand, corpulent, un peu trop serré dans un complet de marque. Des yeux dilatés, des narines qui palpitent visiblement. Il fixe la femme qui gigote sur le siège en rajustant sa jupe autour de ses larges cuisses, en cherchant la bonne position pour ses talons aiguilles. Cette attention fébrile se perd dans le tourbillon des mots d'adieu, des petits rires, des salamalecs grotesques où l'on se donne facilement du «président» et du «général», le papillotement des cartes de visite, l'agitation des chauffeurs et des gardes du corps. L'homme qui dévore des yeux la femme-dinde se croit invisible. Je distingue soudain sur sa joue gauche un astérisque pâle, la trace d'une cicatrice. Me revient le visage du militaire qui retirait les diamants de la bouche d'une femme morte. Une coïncidence? Je voudrais le demander à Elias. Mais il est déjà parti et d'ailleurs le sait-il lui-même?

Quelques jours plus tard, j'apprends que l'homme à la cicatrice sur la joue existe pour nos services secrets sous le nom de «Candidat». Un Zaïrois installé à Luanda et qui dirige la vente du pétrole angolais aux Américains, lesquels n'ont jamais reconnu l'Angola marxiste. Ils achètent donc le pétrole à un État-fantôme! Et les «marxistes» angolais s'offrent des villas en Europe grâce au pétrole vendu aux impérialistes américains qu'ils combattent. La logique de l'Histoire… Washington mise sur le «Candidat», un probable successeur de Mobutu. Les services soviétiques pistent cet homme depuis plusieurs mois. La femme-dinde, un bon appât…

Ce délirant écheveau des affaires du monde, l'énergie de milliers d'hommes qui s'affrontent, complotent, vendent des richesses incalculables, entassent des milliards sur des comptes secrets, courtisent leurs adversaires et s'entre-dévorent avec leurs alliés, entraînent leurs pays dans de longues années de guerre, affament des régions entières, payent des légions de plumitifs qui acclament leur politique, toute cette démente mécanique planétaire se concentre, ce soir, dans le corps charnu d'une femme blonde qu'un homme noir en sueur voudrait posséder.

Mieux qu'avant je perçois dans le regard d'Elias l'alternance rapide de la dureté de lutteur et de l'immense tristesse.

Peu de temps après, le dossier du « Candidat » s'enrichit d'une séquence filmée : lui et la femme-dinde unis dans une copulation monotone. De temps en temps, la femme tend son bras sous le corps de l'homme et vérifie si le préservatif n'a pas glissé... La chambre est peu éclairée et, se levant, la femme examine ses sous-vêtements pour ne pas les mettre à l'envers. Du lit, l'homme la regarde faire, l'air buté, étrangement hostile. Dans l'autre séquence, plus courte et à la luminosité plus contrastée, on voit la bouche entrouverte de l'homme, ses yeux légèrement exorbités fixant la femme dont la tête plonge rythmiquement en opérant une fellation. Puis il dort tandis que la femme fouille une mallette et photographie, page par page, un gros carnet dont les tranches font briller leur dorure.

À la fin de l'année, survient le plus étonnant. Soudain tout ce jeu devient parfaitement inutile. Les Américains délaissent le «Candidat», ayant trouvé une créature plus conforme à leurs projets. Des vendeurs d'armes français arrivent sur le marché et brouillent les cartes. À Moscou, Andropov meurt, le pouvoir glisse dans un coma de plus en plus évident. À Luanda, un clan de corrompus en chasse un autre. Les dirigeants s'offrent les services de nouveaux réseaux de trafiquants. Les numéros de comptes changent. Le président angolais promet l'écrasement définitif de l'UNITA soutenue par les Américains et l'édification toute proche du socialisme aidée par l'URSS.

Et de toute cette énorme farce, reste la vie d'Elias Almeida plusieurs fois mise en péril pour obtenir (me dis-je méchamment) deux bouts de film où l'on voit un Africain bedonnant et une Blanche plantureuse collés l'un à l'autre.

Reste aussi, dans ma mémoire, le regard d'Elias : une obstination calme et la tristesse de celui qui n'a plus d'illusions.

Cabinda : ce qu'on peut exiger d'une vie et d'une mort.

Nous nous retrouvons deux ans plus tard à Cabinda, dînons près du port, sous le ciel où les étoiles se confondent avec les lumières des plates-formes pétrolières. Elias vient de séjourner dans le nord de l'Angola, « non loin des forêts où ces braves cons de l'UNITA nous avaient mis en taule », dit-il en souriant. Il a le poignet droit dans le plâtre et cette entrave, aussi, rappelle la nuit lointaine du Lunda Norte... Je m'apprête déjà, sur le même ton ironique, à lui demander si le « Candidat » ne pouvait pas être, par hasard, le sergent qui nous avait emprisonnés : il avait une cicatrice semblable sur la joue...

Un homme et une femme, assez âgés tous les deux, surgissent devant les tables boiteuses de la terrasse où nous sommes installés. Ils marchent l'un derrière l'autre, unis par deux longues planches qu'ils transportent sur leurs épaules, une de chaque côté de leur tête. La ressemblance avec les garrots en bois qui retenaient en rang les esclaves vient tout de suite à l'esprit... « Des gens comme eux vivent avec un dollar par mois, dit Elias tout bas, sans me regarder. João Alves, cet apparatchik que j'ai connu à Moscou, vient de s'acheter une deuxième maison près de Lisbonne. Il se réjouit qu'avec l'entrée en Europe les prix de l'immobilier vont augmenter... »

Il se tait pendant un long moment, puis toujours à mi-voix me parle de sa mission à Lunda Norte : briser le troc du diamant, ce nerf de la guerre pour l'UNITA («et pour nos "marxistes" de Luanda», murmure-t-il entre ses dents). Des armes contre le diamant, et avec les armes on gagne des terrains diamantifères, et alors on peut s'acheter de nouvelles armes pour gagner de nouveaux terrains. Même circuit pour le pétrole...

«La guerre est aussi une industrie à très bon rendement, dit-il avec un signe de tête en direction des plates-formes. En plus, les soldats, au lieu de partir à la retraite, se font tuer, ce qui arrange tout le monde. Rien de nouveau comme cycle de production. Autrefois, on attisait des conflits entre tribus pour se fournir en esclaves. Mais les esclaves, c'est encombrant. Il fallait les attacher, un peu comme ces deux vieux avec leurs planches, puis les conduire jusqu'à la mer, leur faire traverser l'océan, les nourrir un brin... Les diamants se convertissent beaucoup plus vite en maisons près de Lisbonne...»

J'ai envie de le pousser jusqu'à l'aveu que je sens mûrir en lui : pourquoi risquer sa vie si les dés sont pipés et que tout le monde a intérêt à faire durer cette guerre civile pour s'enrichir ? Je n'aborde pas le sujet de face, je parle de la cassette où l'on voit le «Candidat» et la femme-dinde. Ce bout de film supposait de longues manœuvres d'approche, des tentatives de recrutement, de chantage… Avec le vague espoir d'avoir «notre homme» dans un gouvernement futur. Tout ce travail a capoté avec, pour seul résultat, cette cassette qui fait penser à un mauvais porno…

Je m'attends à une argumentation politique, à un précepte que j'ai déjà entendu dans sa bouche. «La révolution ne se fait pas en gants blancs», «Un professionnel ne doit pas se demander : À quoi bon? C'est une question pour les Hamlet». Oui, une réponse à moitié narquoise qui coupe court aux finasseries moralistes.

Cette fois, aucune note de dérision dans sa voix. «Tu sais, c'est peut-être l'âge, mais je demande de moins en moins à la vie. Je pense souvent que ce qui m'aurait suffi c'est de pouvoir sauver juste cet enfant, tu te rappelles à Lunda Norte, celui qui a mis un vieux masque à gaz, ce petit gars complètement défoncé par l'alcool et la drogue. J'aurais dû lui dire de se cacher pour éviter la fusillade, le matin…»

Le vieux couple repasse près du petit restaurant où nous sommes attablés. Déchargés de leur fardeau, l'homme et la femme marchent pourtant comme avant, l'un derrière l'autre, d'un même pas pesant. Elias les regarde s'éloigner, puis sans changer de ton poursuit : «Et pour la mort c'est pareil. J'étais très immodeste quand j'étais jeune, je la rêvais flamboyante, marquante. Sur les barricades, en quelque sorte… Un jour, j'ai appris comment était mort Antonio Carvalho, mon premier maître en marxisme. On l'a atrocement torturé pour qu'il dépose contre moi. J'étais l'œil qui gênait, "l'homme de Moscou" à abattre. Carvalho les a tous dominés car il souriait! Oui, il n'a rien dit, il a souri. Jusqu'au bout... »

Nous nous taisons, les yeux tournés vers l'océan, vers son obscurité criblée de feux de plates-formes. Dans l'épaisseur sous-marine, des boyaux d'acier aspirent, jour et nuit, le sang noir de la terre. Ce pétrole se transforme en armes, puis en sang rouge des humains.

Elias secoue légèrement la tête. « Tu dis: deux bouts de film avec ce gros porc qui baise... Ce n'est pas si simple. Ce type, poussé par les Américains, avait de grands projets: la création d'une vraie armée zaïroise équipée par les États-Unis. Une armée de professionnels, et non plus ces bandes de pilleurs et d'ivrognes dont dispose Mobutu. Si ç'avait marché, on aurait eu une autre guerre. Et on l'aurait perdue. Nous avons réussi à écarter ce jeune homme qui avait un faible pour les belles femmes blondes... Oui, une nouvelle guerre. On en est déjà à sept cent mille morts depuis le début de l'édification de l'avenir radieux. Et parmi ces sept cent mille, il y a Carvalho. Et aussi cet enfant enterré avec son masque à gaz sur la tête... »

Il sent dans ses paroles un ton de justification, l'éternel argument des espions: des coups tordus, ce mal nécessaire pour prévenir un mal bien plus vaste.

Oui, l'éviction d'un malfrat pour sauver des milliers d'innocents… Le même argument qu'avancent d'habitude les révolutionnaires et autres bienfaiteurs de l'humanité. Nous échangeons un coup d'œil, conscients de ce qui peut se cacher derrière ce « mal nécessaire ».

Elias se met à parler d'un air plus léger, presque amusé : « C'est vrai que ce Zaïrois ressemblait beaucoup au sergent qui nous avait interrogés à Lunda Norte. Oui, cette marque de balle, en forme d'astérisque. Mais ce n'était pas lui. Simplement le même type d'homme. Un ambitieux, militaire de carrière poussé vers le haut par nous ou par les Occidentaux. Le même pion dont on essaye de faire un chef. Parfois ça casse, parfois ça réussit et on a Bokassa, Amin Dada, Mengistu et les autres. Si l'on peut parler de réussite. Oui, le même moule. Les ingrédients sont toujours pareils : l'argent, le désir presque sensuel du pouvoir, la chair des femmes. J'ai déjà rencontré de tels moulages humains en Guinée-Bissau, à Brazza… Au premier abord, on a vraiment l'impression de tomber sur la même personne. D'ailleurs, ce n'est pas tant leur physique qui trompe, il y a des grands et des petits, non, c'est… leurs yeux, qui semblent dire : je suis prêt à tout. Comme ce Zaïrois, tu as vu, pour pouvoir s'installer avec cette grosse blonde dans la limousine, il était prêt à couvrir de tombes tout un pays. »

Nous allons au bout d'une jetée où l'on sent le vent du large, sa poussée nocturne, vive. La chemise d'Elias faseye autour de son corps, le rendant plus mince, fragile. Dans une vision rapide, au fond de moi, je le vois, seul, assailli par une foule d'hommes dont il est impossible de distinguer le visage tant ils se ressemblent. Des hommes moulés, me dis-je, contre lesquels il tente de lutter... Son combat est perdu et il le sait. L'Histoire dont il rêvait de changer le cours n'est en fait qu'une jolie métaphore et l'homme qui regarde les larges cuisses d'une femme assise sur le siège d'une voiture, oui, l'avidité de ce regard pèse souvent bien plus dans cette métaphore que les idéaux les plus nobles et les engagements de héros.

Sous nos pieds, dans les fonds marins, les boyaux d'acier continuent à pomper le sang noir qui deviendra argent, armes, sang rouge des tués, chair féminine achetée. Je voudrais le dire à Elias pour faire vaciller sa foi, railler son obstination. Il y a deux mois j'ai vu Anna, dans une réception à l'ambassade soviétique de Maputo, où son mari a été nommé. Elle faisait penser à une grande poupée souriante, débitant des niaiseries mièvres, cillant avec la régularité d'un automate. J'étais posté un peu en retrait et je voyais que les doigts de sa main gauche trituraient la poignée de sa sacoche, l'ongle de son pouce lacérait le cuir et cette main crispée était l'unique parcelle vraie et vivante de cette poupée-automate.

« Il y a deux mois, à Maputo, j'ai croisé... Anna. »

Maputo. Au-delà des mots.

J'inspire pour me décider à dire ce que je pense de cette femme, ce qu'un Russe peut penser de cette Russe et ce qui échappe peut-être à un Africain ou, tout simplement, à l'homme qui l'aimait et qui l'aime encore. Je n'ai pas le temps de continuer. Elias se met à parler très bas, le regard abandonné dans le glissement souple des vagues le long de la jetée. Un soir, le même attroupement des invités dans le jardin d'une ambassade, les mêmes mines figées ou, au contraire, animées de grimaces de mondanités, les mêmes conversations machinales où personne n'écoute personne. Lui séparé d'Anna par un mètre de cet air chargé d'hypocrisie. Ils ne peuvent pas se parler, ne doivent aucunement trahir leur passé, pas un geste, pas un sourire. Qu'ils se tiennent si près l'un de l'autre sans se reconnaître est la meilleure façon de jouer les inconnus. Elle ressemble à une belle et grande poupée, pense-t-il, et tout le monde sans doute pense de même. Il a vieilli, doit-elle se dire, ses cheveux grisonnent, et cette cicatrice sur la tempe, et ce poignet dans le plâtre qu'il cache sous la manchette de sa chemise. Elle laisse cette poupée parler à sa place, pense-t-il, et devient telle que je l'ai connue à Moscou, ce frémissement des cils est exactement comme autrefois... Pour quelques minutes, à la faveur du va-et-vient des invités à travers le jardin, ils restent seuls. Sans tourner la tête vers Anna, Elias prononce, au hasard, des noms de rues moscovites. Elle les répète, en un écho hésitant, puis s'enhardit et murmure : « Tu ne les as donc pas oubliées… » D'autres noms, des mots de passe précieux, sont chuchotés : ceux de petites gares perdues au milieu de la taïga. La belle poupée sourit à un couple qui la salue en passant. Anna chuchote de nouveau, les lèvres à peine ouvertes : « J'ai reçu une lettre de Sarma, les gens demandent quand tu reviendras… *Glad to meet you… O, very lovely! Especially Maputo Game reserve and the Unhaca island…* » La poupée parle à un couple, un homme très bronzé, une femme blême, l'air maladif. Elias s'éloigne en emportant juste la mélodie de ce « … quand tu reviendras… ».

Ce soir-là, à Cabinda, je crois comprendre ce qu'il a véritablement vécu à Sarma : une vie qui naît quand l'Histoire, ayant épuisé ses atrocités et ses promesses, nous laisse nus sous le ciel, face au seul regard de l'être qu'on aime.

Quelques semaines après cette rencontre avec Anna à la réception, il a failli mourir dans une embuscade au nord du Moxico. Il m'en a à peine parlé, évitant une posture de guerrier. Je me rappelle juste cette réflexion qu'il a faite à mi-voix, comme pour lui-même : « Quand la mort nous regarde calmement dans les yeux, nous nous rendons compte qu'il y a eu dans notre vie quelques heures, de soleil ou de nuit, quelques visages auxquels nous revenons sans cesse, et qu'en fait ce qui nous rendait vivants c'est le simple espoir de les retrouver... »

Moxico : les jeux d'adultes.

Les années qui suivront seront, pour nous, celles de la défaite, de la fuite, de la dispersion. Elias les vivra sans rien changer à son attitude, comme si le but qu'il a toujours poursuivi n'avait pas perdu son sens. Un jour, j'apprendrai que dans le sud du Moxico il a mené tout seul les pourparlers avec les hommes de l'UNITA et a su éviter la reprise des combats. Juste cette fois-ci, juste dans cette région-là, en sauvant juste la vie des habitants d'un village. Je me souviendrai alors de ses paroles sur l'humilité des tâches qu'il se fixait désormais. Dans l'embrasement où l'Afrique entrait à ce moment-là, cet humble succès me paraîtra plus important que tous les projets planétaires. Pendant les tractations dans une case du village, une enfant jouait à l'autre bout de la pièce : assise par terre, elle édifiait, sur une petite table bancale, une pyramide composée de douilles de mitrailleuse. Au plus fort des discussions, quand Elias n'espérait plus remporter la mise ni donc rester en vie après l'échec de ces marchandages, la construction de douilles est tombée avec un tintement de métal. Les adultes se sont retournés. L'enfant s'est figée, penaude. Elias s'est souvenu d'un village à moitié brûlé par la guerre, dans le Kivu, et d'une petite fille recroquevillée entre les pieds d'une table basse. Le meuble paraissait animé tant l'enfant tremblait… Il s'est remis à parler avec la force altière de celui qui ne se préoccupe plus de sa survie. Cette indifférence face à la mort, il le savait déjà, donne un grand avantage sur ceux qui doivent encore composer avec leur peur de mourir.

Brazzaville : la pureté des gemmes.

Il sortait de son hôtel quand ces deux policiers en civil l'abordèrent. Tout se joua en une fraction de seconde. Il les toisa avec dédain, tendit à l'un d'eux sa valise et commanda sans élever la voix : « Vous la déposez dans ma voiture, là, une Mercedes grise… » Le jeu était parfait. Le ton d'une autorité calme, péremptoire. Les policiers qui devaient l'arrêter obéirent et, subjugués, hypnotisés, marchèrent vers la sortie, et c'est seulement une fois dehors, où aucune « Mercedes grise » n'était en vue, qu'ils se réveillèrent, revinrent en courant sur leurs pas. Elias eut le temps de passer par la porte latérale devant laquelle une voiture l'attendait...

De ces années de la fin, je garde une poignée de telles anecdotes qu'il me racontait, en souriant, lorsque nous nous croisions, entre deux vols d'avion, au détour d'une mission. Leur souvenir se perd dans un fouillis de détails qui paraissent si futiles aujourd'hui et qui, à l'époque, avaient la gravité de la vie ou de la mort. Cette histoire de valise... En fait, une technique banale, appelée «objet-relais», qu'il avait sans doute apprise au cours de sa formation d'agent de renseignements. Le procédé est simple: à celui qui vous fait obstacle, il faut, sous n'importe quel prétexte, confier un objet qui l'encombre et dont il devient responsable. À un cerbère qui vous barre l'entrée d'un lieu protégé vous transmettez une mallette en disant: «L'adjudant du général X viendra la chercher à six heures trente, gardez-la bien.» Et vous passez pendant que le cerbère rumine, écrasé par l'importance de la charge qui lui incombe.

Reste dans ma mémoire le sourire d'Elias qui me racontait ces astuces et qui, parfois, ajoutait: «Finalement, nos travaux pratiques à Moscou n'étaient pas nuls. Tous ces assauts contre le "palais présidentiel"... Je peux l'attester, en gros cela se passe à peu près comme nos instructeurs nous l'ont enseigné. Et le plus difficile est d'éviter de tuer les enfants quand ça rafale de tous les côtés… Pendant les entraînements, c'étaient des jouets en celluloïd. »

Derrière la légèreté des détails se cachaient de longues guerres tantôt rageuses tantôt essoufflées, des villages habités par des cadavres et, un matin, un beau matin de printemps, cet adolescent qui traînait le corps de sa mère, blessée par balles, le long de la route, dans le sud du Moxico. Elias les a amenés jusqu'à la ville la plus proche. Le poids insoutenable de ce corps.

Derrière l'anecdote des policiers encombrés d'une « valise-relais » il y avait, ce soir-là à Brazzaville, des négociations, très discrètes, entre les émissaires du régime sud-africain (les démons de l'apartheid !) et les représentants du régime socialiste de l'Angola. Discrétion de deux reptiles qui se frôlent dans l'obscurité, se flairent, hésitant entre l'affrontement et l'accord. Et se mêlaient à ce nœud vipérin quelques agents de la CIA et ceux de l'UNITA, et les gens indiscrets d'Elf, et les acheteurs de diamants (ce Libanais d'origine arménienne, entre autres, l'œil gauche aux paupières comiquement distendues par la loupe), et les vendeurs d'armes dont l'un m'a dit un jour avec un ébahissement rieur : « J'en ai vendu tellement qu'il ne devrait plus y avoir grand monde sur terre… »

Quelques années plus tard, on retrouverait le diamantaire assis à son bureau, la tête ensanglantée posée sur un tas de carats. On accuserait de ce meurtre l'épouse du président qui offrait son hospitalité à la rencontre secrète de Brazzaville. Les vendeurs d'armes rebaptiseraient leurs officines et les pétroliers leur compagnie. L'UNITA serait décapitée. Mais cela ne changerait rien au bruit de fond de ces sommets africains : le tintement feutré des diamants expertisés, le pompage du sang noir sous les flots, le grincement des chenilles de blindés sur le macadam défoncé des villes en flammes, les cris des femmes violées, des enfants égorgés, le crissement du feu sur les toits des cases, et quelque part dans un grand festival de cinéma le chuchotement extatique autour de cette star qui porterait à son cou des pierreries d'une eau si rare, si pure…

Chez l'empereur. Douze pianistes.

Encore un détail étrangement préservé de l'oubli, une pantomime plutôt car la scène était muette et son récit nous laissait sans voix, provoquant un ébahissement presque métaphysique. Une des résidences de Bokassa, cette salle plongée dans la pénombre, une douzaine de tabourets de piano alignés et occupés par des femmes nues qu'on voit de dos. Un claquement de mains et toute la douzaine, dans un pivotement parfaitement synchronisé, se tourne vers le maître. Lequel a une mine étrangement lasse, presque dépitée, comme si ce trésor charnel le décevait profondément... La vision de ces « belles pianistes sans piano », comme disait Elias, était à la hauteur d'autres turpitudes conçues par les tyrans du continent, ces pharaoniques cathédrales et châteaux élevés sur les ossements des affamés. Mais la douzaine de tabourets allait plus loin car ce harem pivotant touchait au plus sensible dans le cœur d'un homme : l'impossibilité d'aimer tout en possédant tant de chair achetée en Afrique, en Europe et ailleurs... Le maître des pianistes, l'« Empereur »!, allait être renversé un an après dans un pays jonché de corps mutilés. Et il faudrait imaginer, au milieu de tout ce fatras de richesses et d'immondices qu'un pareil règne laisse derrière lui, cette douzaine de tabourets alignés absurdement dans une salle tapissée de peaux précieuses.

Moscou. La mort d'un poète.

Ce détail aurait bientôt un écho lors de ce voyage à Moscou où Elias accompagnait le président Agostinho Neto. Le poison qui tua le président avait la particularité de provoquer un spasme du muscle cardiaque et faisait passer le décès pour une crise parfaitement plausible. Il fallait juste une amorce psychique, un afflux supplémentaire de sang pour déclencher l'effet de la substance... Le président rejoignait les appartements mis à sa disposition quand, dans un petit salon rond qu'il traversait, cette femme (elle était en train d'essuyer le clavier d'un piano à queue: une plainte grêle de notes rieuses) le salua en l'informant qu'elle s'occuperait de son confort nocturne. La phrase fut dite dans un portugais correct mais un peu rudimentaire, permettant une ambiguïté: le confort nocturne?... Une jeune blonde, un tablier qui moulait des hanches hautes, marquait une taille fine... Elle le fixait comme si elle attendait une réponse. Il hésita, s'assit dans un fauteuil, lui sourit. Elle s'installa sur le tabouret du piano, fit mine de se poser un instant avant de reprendre le dépoussiérage. Près du fauteuil, sur une table basse, étaient posées plusieurs bouteilles d'alcool... Succomba-t-il tout de suite? Après un verre? Après une étreinte? Ou bien eurent-ils le temps de se déshabiller et lui de jouir? Le lendemain, les autorités soviétiques annonçaient que le président angolais, atteint d'une maladie grave, était venu en URSS pour y être soigné mais malgré tous les efforts des meilleurs médecins n'avait pu survivre.

Elias retiendrait de tout cela ce tabouret de piano qu'il avait vu la veille en apportant une missive au secrétaire du président. Un tabouret noir, banal, pareil à ceux sur lesquels tournaient les «pianistes» du tyran centrafricain. Des détails, oui, mais pour la première fois peut-être avec une intensité pareille il eut alors conscience de l'absurdité souveraine qui régentait la vie et la mort des humains. Avant le départ, les Soviétiques montrèrent aux membres de la délégation angolaise un court documentaire. Il s'agissait de la chronique du conflit entre la Somalie la traîtresse et l'Éthiopie la fidèle. Des plans panoramiques passèrent en revue le débarquement titanesque de centaines de blindés, d'escadrilles entières, d'innombrables pièces d'artillerie. Toute une guerre que l'Empire offrait clefs en main à son protégé éthiopien. Et puis le résultat : les étendues arides de l'Ogaden recouvertes de cadavres somaliens, des débris de leur armement. À la fin, la caméra, sans doute placée sur un hélicoptère, plongeait sur d'interminables colonnes de prisonniers hagards... Le film n'avait pas de bande-son et ce mutisme conférait aux images une force encore plus écrasante, une persuasion morne et catégorique. C'était une leçon, oui. Les responsables angolais étaient censés apprécier le poids de la vengeance qui s'abattait sur les ennemis de l'Empire.

Moscou. Une heure avec Anna.

Elias rencontra Anna, très brièvement, le tout dernier soir de ce séjour à Moscou. Le corps d'Agostinho

Neto, aux entrailles nettoyées de toute trace de poison, était déjà préparé pour être renvoyé à Luanda. Les membres de la délégation, qui désemparés, qui soulagés, commentaient à mi-voix le film qu'ils venaient de voir. Elias put se sauver, appela d'une cabine, apprit qu'Anna fêtait avec des amis l'anniversaire de Vadim, son mari. Elle descendit dans le parc où Elias l'attendait et ils se mirent à marcher sous la pluie tiède de septembre, dans une lumière qui rappelait la douceur bleutée d'un printemps qu'ils n'avaient jamais vécu ensemble. Au premier regard, le visage d'Anna lui sembla alourdi par un rictus destiné à ses invités, par un maquillage lisse, impersonnel. Peu à peu, les ondées enlevèrent cette fixité des traits et il vit, peut-être seulement avec la vision embusquée dans son cœur, la jeune femme qui autrefois le guidait à travers les rues enneigées de Moscou. Celle qui croyait à un chevalier assez hardi pour aller dans l'arène et rapporter un gant à sa belle dame. Celle qui montait dans le train en gardant dans la laine grise de sa robe la senteur d'une forêt hivernale… Ils parlèrent à peine et, avant de se séparer (elle devait courir retrouver les invités sans doute déjà inquiets de son absence), ils s'étreignirent avec une telle violence qu'il se blessa légèrement la lèvre dans ce baiser maladroit et fiévreux.

Le sens de l'Histoire.

Je sais qu'ils se sont revus plusieurs fois en Afrique, même durant les années où prenait fin l'aventure impériale de l'URSS sur le continent noir. Lucapa, Kinshasa, Maputo, Mogadiscio... Elias m'en parlait peu et c'est surtout ces quelques jours passés à Moscou au moment de la mort de Neto qu'il a essayé de me raconter comme s'ils avaient condensé toutes les contradictions de sa vie de combattant. Il me disait ce qu'il n'avait pas eu le temps de dire à Anna, ce que de toute façon il ne lui aurait jamais dit. Des détails qui démontraient soudain la folie de l'Histoire. Oui, des tabourets de piano et une douzaine de prostituées qu'on a dressées à se retourner à un claquement de mains. Et ce tabouret-là sur lequel est assise une jeune femme qui, avec un calme professionnel, supervise l'agonie d'un homme. Et, par-delà le délire bouffon de ces coïncidences, des millions d'hommes jetés les uns contre les autres au nom d'une haine qui paraîtra stupide le lendemain, quand ces hommes seront vidés de leur sang. Il faudra alors inventer une autre haine et la vêtir d'oripeaux humanistes ou messianiques, la conforter par le bruit des chenilles sur le macadam des villes en ruine, par le feu des canons tirant sur les désarmés. Et tout cela pour que dans une salle aux murs tapissés de peaux un homme las de massacres, de richesses et de chair féminine pose un regard lourd et dégoûté sur la croupe des femmes pivotant sur leurs tabourets de piano. Et pour qu'un autre homme, poète à ses heures, laisse soudain glisser sur le tapis son verre de cognac et, les yeux révulsés, bascule de son fauteuil aux pieds d'une femme dont il venait de caresser les seins. La boucle est bouclée. L'Histoire est faite.

Quelques scories traînent, inutiles pour les spécialistes qui vont l'écrire : ce diamantaire, le visage écrasé contre un monceau scintillant de pierres, et dans un documentaire sur la guerre entre l'Éthiopie et la Somalie, une séquence qui a sans doute échappé aux réalisateurs, cette chèvre blessée par un éclat et qui se débat autour de son piquet pendant que passent les colonnes des blindés victorieux.

En fait, il n'avait que son amour à opposer à la démence de cette farce.

Londres. Post-scriptum à l'Histoire.

Je le revis à Londres, deux ans à peine avant la disparition de l'URSS, avant la « fin de l'Histoire », comme claironnait un illuminé nippon que tout le monde prenait, à ce moment-là, au sérieux. C'était la lune de miel entre la Russie et l'Occident, un grand «ouf» de soulagement devant la mollesse grimaçante de l'Empire qui, avec Gorbatchev, apprenait à sourire et appelait cela «démocratie». Pour la première fois peut-être je perçus dans les paroles d'Elias le sarcasme d'un homme trahi. «Tu vas voir, dit-il, vous allez devenir les meilleurs amis des USA, les élèves très obéissants du capitalisme. Quand l'URSS ne sera plus là…»

De tels propos paraissaient, à l'époque, fantaisistes. L'Empire n'avait rien perdu de sa puissance et pouvait, comme quelques années auparavant, mener plusieurs guerres à la fois, en Afghanistan, en Éthiopie, en Angola… Je ne voulus pas le contredire pour ne pas blesser en lui celui qui avait vécu au nom d'un rêve. Je pris donc le ton, un peu condescendant (je m'en rends compte maintenant), que l'écrasant poids de notre pays nous autorisait quand on s'adressait à nos alliés, aux «supplétifs» du projet messianique de l'URSS. Mi-sérieux, mi-moqueur, je dis que «la révolution ne se faisait pas en gants blancs» et que «l'Histoire, comme disait Lénine, n'était pas le trottoir de la perspective Nevski»… J'avais entendu ces maximes, à la manière d'une boutade, de la bouche même d'Elias.

Il sembla ne pas m'avoir entendu, le regard fixé soudain sur ce que personne hormis lui ne voyait. Sa voix devint très calme, détachée. «Pour qu'un pareil rêve de fraternité réussisse il faudrait des gens comme Karbychev. Oui, il faudrait une foi qui balaye, en nous, le petit insecte grésillant, cette petite mouche de la peur de mourir. Mais surtout, il faudrait savoir aimer. Tout simplement aimer. Alors il serait impensable de casser d'un coup de botte la clavicule d'une femme jetée par terre... »

Je me rappelle bien à présent que c'est ce soir-là, à Londres, qu'il m'a parlé du général Karbychev : un prisonnier que les nazis avaient transformé en une statue de glace. Et je devinai alors, comme jamais avant, à quel point Elias était seul, aussi seul qu'un homme dressé sous le fouettement des jets qui font de lui un bloc de glace.

Ce que j'avais pris pour une prophétie fantaisiste se réalisa peu de temps après : l'Empire solda la guerre en Afghanistan, fut battu à plate couture dans le sud de l'Angola, à Mavinga, se prépara pitoyablement à abandonner l'Éthiopie... Je croisai Elias à Luanda, juste après la défaite de Mavinga où les instructeurs soviétiques s'étaient révélés de si piètres stratèges. Il sortait d'un hôpital où il avait été soigné pour plusieurs blessures aux bras et au visage. Je m'attendais à ce qu'il évoque son désaccord sur le plan de la bataille, les renseignements tactiques qui avaient été ignorés par le commandement... J'imaginais un ton amer, mais aussi douloureusement triomphant, l'air de celui qui a vu juste et qu'on n'a pas écouté. Rien de tout cela. Il serra le bandeau de pansements sur sa tête, me sourit : « Je sens qu'on va nous envoyer tous bientôt dans la Corne, plus près de l'Arabie heureuse. Tu vois, je suis déjà coiffé à la Lawrence… Quant à la guerre, elle n'a plus de sens car des deux côtés se battent ceux qui rêvent simplement de se remplir les poches et, chance suprême, d'avoir un jour une douzaine de pianistes nues sur leurs tabourets. Rideau ! »

Je ne me suis même pas souvenu de cette plaisanterie prémonitoire, me retrouvant, quelques mois plus tard, sur le sol somalien. Nous n'avions plus le temps de nous remémorer le passé : l'enfer de Mogadiscio nous a engloutis dans la folie violente et routinière de ses combats, dans la ronde des visages morts parmi lesquels seuls ceux des enfants parvenaient encore à choquer.

III

Avant de venir à Mogadiscio, Elias avait passé une semaine à Moscou, où il avait revu Anna. Il me l'a dit, en deux mots, au téléphone, juste avant mon départ pour la Somalie. Dans l'avion, j'ai imaginé ce que pouvait être leur rencontre, par un dimanche d'hiver, dans un grand appartement moscovite rempli d'objets d'art accumulés pendant les séjours du couple à l'étranger. À force de travailler en Afrique, Vadim avait dû certainement recouvrir les murs de masques échevelés, de lances aux hampes ornées d'une botte de sisal, d'écus en peau d'hippopotame. Et toutes ces figurines, mascottes, gris-gris à chaque rebord des meubles. «Maintenant, ils vont pouvoir y ajouter quelques poignards recourbés aux fourreaux chantournés, comme on en trouve dans la Corne...», me disais-je en me figurant cet appartement étouffant de tapis épais, de mobilier massif. Vadim avait travaillé au Yémen puis, après le début de la guerre civile et la fuite des Soviétiques, on l'avait envoyé en Somalie. Anna était venue à Moscou pour aider leur fils, qui entamait ses études universitaires. Elle allait bientôt rejoindre son mari.

Je ne croyais pas me tromper beaucoup en la voyant sous les traits d'une femme de quarante ans, belle encore, à la silhouette devenue plus ample, plus imposante. En somme, une solide femme d'apparatchik, intelligente et sûre d'elle, consciente de sa réussite, du confort exceptionnel de l'appartement où, un jour d'hiver, elle attendait, sans émotion particulière, la visite d'un ami angolais, oui, un vieil ami d'il y a vingt ans.

Je l'imaginais ainsi, belle, calme, marchant lentement à travers les pièces, rajustant tantôt un tableau, tantôt un masque. Et ce calme me semblait être l'échec le plus douloureux de tout ce qu'Elias avait rêvé.

Notre avion, un appareil de l'armée, avait mis le cap sur Addis-Abeba, d'où certains d'entre nous allaient s'envoler pour Mogadiscio. J'étais habitué, durant ces longs trajets, à entendre des discussions bruyantes entre les militaires, chacun racontant « sa » guerre dans tel ou tel pays du globe. Cette fois, l'obscurité de la carlingue restait silencieuse. Et quand, ici ou là, une conversation s'engageait, c'étaient des bribes de voix usées par la lassitude et ce constat partagé : il était temps de quitter tous ces bourbiers de la «lutte anti-impérialiste».

Mon voisin ne participait pas même à ces maigres échanges, il somnolait, les oreilles bouchées par les écouteurs de son magnétophone. Drôle de tête: un visage très jeune (il devait avoir à peine plus de trente ans) et les cheveux tout blancs, de cette blancheur bleutée et fragile qu'ont de très vieux hommes. Dans le chuintement de ses écouteurs, j'ai identifié quelques morceaux qui se succédaient sans aucune logique musicale: l'essoufflement trémulant de *Petites Fleurs*, que suivait, on ne sait pourquoi, *La Valse sentimentale* de Tchaïkovski, sur laquelle empiétaient les roulades aspirées de *Summer Time* et soudain, après un crissement qui trahissait un enregistrement à partir d'un disque, un fragment classique d'une beauté douloureuse, mélange de violons et d'orgues... Je n'en ai perçu que les premières mesures. Mon voisin s'est mis à se retourner sur son siège, à se frotter le front. Dans le reflet d'un lumignon, j'ai vu que ses yeux brillaient. Son magnétophone était d'un modèle ancien et parfois sa petite cassette s'enrayait. Comme à présent, puisqu'il a dû la sortir et rajuster la bande en tournant la bobine avec son index. Incrédule, j'ai vu qu'il riait doucement et que ses paupières étaient gonflées de larmes...

Il a remarqué mon coup d'œil étonné, a retiré les écouteurs. «Dès que j'arrête la musique, j'ai envie de chialer…» Je n'ai pas su comment répondre à cet aveu, j'ai toussoté en bredouillant: «Ah bon… Oui, la musique, c'est vrai que ça peut…» Mais il parlait déjà, les yeux mi-clos, happé par un passé qui ne le lâchait pas. Médecin militaire, il avait été envoyé, à l'âge de vingt-six ans, en Afghanistan, s'était vite habitué à restaurer les corps farcis d'éclats, à raccommoder les membres lacérés. Sans états d'âme particuliers grâce à l'indifférence apprise durant ses années de carabin. Jusqu'à ce jour, dans les montagnes de Baghlan: un convoi de camions, précédé par un char, des enfants qui, sur le bas-côté de la route, rient et agitent les bras au passage des engins. Lui, invité par les tankistes, est recroquevillé dans l'habitacle enfumé où il sent se transmettre à son corps la puissance de la masse d'acier rugissante qui défonce tout obstacle avec ses chenilles. Cette force agit comme une ivresse sauvage. Il demande un briquet au conducteur, celui-ci tourne la tête, lui tend le feu. L'engin s'écarte légèrement de la route, y revient aussitôt, mais c'est déjà trop tard. Les freins grincent et tout se mélange: l'air frais s'engouffrant dans la tourelle, le soleil aveuglant, les cris stridents des villageois, les jurons des soldats qui sautent à terre… Puis, malgré tous ces bruits, le silence tombe. Sur les chenilles et sous les chenilles du char, un corps d'enfant, écrasé, déchiqueté…

Les autres dans ce cas-là, il le sait, se mettent à boire ou se retranchent dans un surcroît de grossièreté et de mépris, ou bien oublient, ou se tuent. Lui est atteint désormais par cet afflux fréquent de larmes, une réaction ridicule qui l'empêche de travailler. La solution trouvée est ce vieux magnétophone qui chuinte doucement dans un coin de la salle d'opération et auquel tout le monde finit par s'habituer...

J'apprends qu'il s'appelle Leonid, qu'il est de Leningrad, que son grand-père avait été médecin et était mort pendant le blocus. Le destin donc ou une fatalité toute bête qui a mené ce jeune homme vers un village afghan où il a eu envie de fumer...

Lui aussi va à Mogadiscio. « Enfin, vu la situation là-bas, je pense qu'on va rembarquer assez vite... », conclut-il, et il remet les écouteurs.

Le destin... Derrière chaque ombre humaine tassée dans cet avion il y a sans doute une histoire qui ressemble à cette journée de soleil dans les montagnes de Baghlan, les camions, les soldats qui sourient aux enfants, puis les cris, le sang...

J'imagine de nouveau une jolie femme de quarante ans, une sorte de bourgeoise soviétique, assise au milieu d'un salon surchargé d'objets chers et rares, une femme qui attend un Africain, oui, un nègre assez sot pour l'avoir aimée pendant vingt ans, un homme vieilli auquel on vient d'enlever quelques points de suture sur les bras et au-dessus de la pommette gauche.

Ce soir-là, dans une rue de la capitale somalienne déchirée par des tirs, j'ai l'occasion de parler longuement avec Elias. La toute dernière occasion. Je ne le sais pas encore et je suis plus occupé par la course des combattants qui mitraillent à tout-va en progressant vers la villa-forteresse de la présidence. La maison où nous nous cachons a été pillée, à moitié brûlée, et donc ne présente plus d'intérêt, ce qui la rend sûre. Même les fils électriques ont été arrachés, ainsi que les plinthes, les gonds des portes et là, sous la fenêtre, je le vois maintenant, quelques briques déjà descellées. Mogadiscio tout entier paraît éviscéré, gratté jusqu'à sa carcasse minérale. Sur le pas de porte de notre refuge gît ce réfrigérateur ouvert, abandonné sans doute par ceux qui ont fui la fusillade. L'emballage d'un gros pack de lait laisse voir la date de péremption : une mention surréaliste, le lait est bon jusqu'à demain…

Nous venons de participer à une longue négociation inutile avec les membres de *Manifesto*, l'une des innombrables forces d'opposition qui luttent contre le très faible « homme fort » du régime, le président Syad Barré, ancien ami de l'URSS, puis son ennemi, et maintenant un vieillard cloîtré dans la forteresse de la villa Somalia. Les opposants se sont déjà constitués en gouvernement et, tout en pérorant sur l'avenir du pays, ces messieurs s'arrachent les portefeuilles ministériels qu'ils comptent obtenir après le renversement de Barré. Ils sont prêts à s'allier avec n'importe qui, avec l'URSS, avec l'Amérique, avec le diable. En fait, avec celui qui fournirait le plus d'armes et d'argent, dans les meilleurs délais. Ils sont hésitants et manquent de cruauté. On ne peut pas miser sur eux. Bientôt arriveront les vrais seigneurs de la guerre, qui n'auront pas leurs réticences. D'ailleurs, il est évident que les analystes moscovites comprennent ce pays aussi mal que les stratèges américains. Mais surtout, il y a de moins en moins de choses à comprendre pour les experts en histoire. Car la seule histoire de cette ville est la simple survie et ses étapes s'inscrivent en cadavres : ces deux corps, entre autres, à quelques mètres de notre refuge, deux adolescents, ceux probablement qui ont dû abandonner le frigo, courir, tomber sous une rafale. Et la chronologie de cette Histoire en folie est notée par la date de péremption sur un pack de lait gonflé de chaleur.

Nous attendons la tombée du soir, pour pouvoir quitter les lieux. Les combattants vont s'agiter encore une demi-heure, tirer, tuer, compléter leurs réserves de vivres. Puis ils rejoindront, comme chaque jour, leurs quartiers, pour plonger, qui dans le nirvana assoiffant du qat, qui dans les caresses d'une compagne d'armes.

La ville, noire, sans eau, sans liaison avec le monde extérieur, deviendra un point perdu au milieu des étoiles.

La femme dont Elias se met à parler ne ressemble pas du tout à cette Anna d'aujourd'hui que j'ai imaginée à travers mon demi-sommeil, dans l'avion. Elle est plutôt amaigrie et éteinte, et quand elle se tient à contre-jour, près de la fenêtre, son visage pâle se fond dans le tournoiement argenté des flocons derrière la vitre. Au début, comme une automate animée par les derniers tours du ressort, elle a joué le rôle d'une Moscovite mondaine, épouse de diplomate qui fait visiter à un ami son luxueux appartement. Mais en quelques minutes le ressort se relâche, se fige. « À un moment, nous en avons eu assez de ces bricoles africaines. D'ailleurs, c'est mieux ainsi. Avec tous ces masques qu'ils fabriquent pour touristes, bientôt ils n'auront plus de forêts… » Le ressort en elle s'éveille dans un dernier sursaut, juste pour dire que, contrairement aux autres femmes de diplomate, elle travaille et qu'à l'ambassade on lui confie la saisie informatique de documents… Ils se sourient, conscients de la futilité des personnages qu'ils essayent d'interpréter : elle, une femme moderne ayant accompli une brillante carrière internationale, lui, un baroudeur humaniste, bravant tous les dangers (dans la fausseté de ces premières minutes, il a dit quelques mots sur la bataille de Mavinga où il a été blessé. Quel idiot!).

Ils se taisent, regardent la voltige blanche au-dessus des arbres nus de la cour. Il reconnaît dans sa main la minceur de la main d'Anna. Elle se met à parler sans tourner la tête vers lui.

« J'ai vécu une vie... en fait, je l'ai même construite, cette vie... que je n'aurais pas dû vivre. Et pourtant, tu vois, je sens qu'il fallait absolument la traverser telle qu'elle était, cette vie, pour être capable de la renier. Beaucoup de gens peuvent sans doute juger ainsi leur existence. À cette différence près que, toi et moi, nous nous aimions... »

La chute de neige se détache de plus en plus dans l'air qui s'obscurcit. Elias inspire, s'apprêtant à répondre, mais soudain, posé sur le téléviseur, s'anime ce jouet : un crocodile en plastique qui ouvre ses mâchoires, agite ses pattes et émet un grognement rythmé de jazz. « C'est l'horloge de mon fils. Là, c'est l'heure du journal télévisé... » Ils rient doucement en attendant que le reptile cesse son numéro. Et c'est Anna qui parle encore, mais d'une voix comme libérée, moins prudente.

« Tu m'as dit un jour que le monde était à changer car on ne pouvait pas tolérer qu'un soldat casse d'un coup de botte la clavicule d'une femme. Tu n'as pas vraiment réussi à le changer, ce monde...

— Je me serais haï si je ne m'étais pas battu pour le faire...

– Et en m'épousant tu n'aurais pas eu le temps de te battre, avoue-le.
– Hier encore je t'aurais dit: mais si, comment donc! Je ne veux plus mentir. Si je t'avais épousée, je serais devenu un gros apparatchik angolais qui aurait passé son temps à ouvrir des comptes dans des banques occidentales et à calculer tout en barils et en carats… Et j'aurais ressemblé à… oui, à ce crocodile, en moins drôle. »

Elle semble ne pas avoir entendu sa plaisanterie.

« Finalement, c'est cette idée-là qui me tenait en vie. Je me disais: voilà, je vis avec un homme que je n'aime pas, les années passent et ce sera toujours ainsi, jusqu'à la mort. Et puis je me souvenais de cette femme qu'on pose sur le sol, devant son enfant, et cet enfant voit que la clavicule de sa mère est cassée… Alors je me disais que la seule façon de t'aimer était de te laisser lutter contre ce monde-là. Je souffrais beaucoup mais je croyais bien faire. Et maintenant c'est trop tard, on ne peut plus revenir en arrière… »

Ils n'allument pas et dans l'obscurité Elias voit les yeux d'Anna, le regard plongé dans une enfilade invisible de jours, de soleils, d'instants.

« Et si l'on essayait de revenir en arrière ? » Il maîtrise soudain mal sa voix qui pourtant dit enfin ce qu'il avait exactement envie de dire. Un rêve invraisemblable et incroyablement vrai, juste et vital. Il tente de le rendre moins brusque, de lui trouver une justification, une excuse. « Tu sais, Anna, à vrai dire, bientôt je n'aurai pas tellement le choix. Il n'y aura pas vraiment d'avenir pour celui que j'ai été tout ce temps-là. Ton pays n'a plus besoin de moi, le mien, gouverné comme il l'est, fera tout pour me faire disparaître. Donc, je serai bien obligé de revenir en arrière. Je pensais qu'on pourrait le faire ensemble…

— Revenir en arrière… Mais revenir jusqu'où ?

— Jusqu'à Sarma. »

Il la quitte à la tombée de la nuit. Les rues sont déjà presque désertes, les mêmes rues qu'il y a vingt ans, pense-t-il, le même ondoiement lent de la neige…

À quelques dizaines de mètres de son hôtel, ces trois hommes qui lui barrent tout à coup le chemin. Jeunes, habillés de vestes de cuir, mines lourdes, méfiantes. Elias s'écarte légèrement, sent ses muscles se tendre dans un réflexe de combat. En un éclair, tout le dégoût de ces bagarres moscovites afflue : le tabassage collectif d'un sale nègre. Sauf que maintenant, face à ces trois crétins sapés de cuir, se dresse un corps couvert d'entailles, scarifié par les balles… Il serre les poings, baisse le menton… « *Excuse me, can you change this for à few dollars?* » L'accent est comique et ce cirque rend leurs visages aussi singulièrement niais. Tous les trois ont des airs de cancres qui passent un oral d'anglais. « *No dollars, just the mongolian tugriks!* » Il sourit, contourne le trio plongé dans la perplexité de la traduction et, en arrivant à l'hôtel, va au bar, commande un alcool.

«*A few dollars*» ont remplacé dans ce pays le désir de casser la gueule à un nègre. Le progrès est indéniable. Il boit, ferme les yeux. Au fond de lui, ces paroles qui n'appartiennent plus à personne, qui résonnent toutes seules dans leur fragile vérité: «Revenir en arrière... Jusqu'à Sarma...»

Les jours qui ont suivi notre conversation dans la maison brûlée étaient remplis de bombardements et de fusillades, de la panique des étrangers qui fuyaient la ville, de la rage ou du désespoir des Somaliens qui y restaient, souvent pour être tués. Je n'ai pas revu Elias et je n'ai pas eu le temps de repenser à ses paroles. Une fois seulement, dans une brève intuition douloureuse, je me suis rendu compte que son amour pour Anna, leur amour, ressemblait à la béance du ciel la nuit où nous avions parlé pour la dernière fois. Un ciel superbement étoilé au-dessus d'une ville qui s'apprêtait à mourir. Pareil à ce gouffre noir, leur amour se passait de mots, trop éloigné de la vie des humains. J'ai senti en moi une méfiance, un doute, le besoin d'une preuve.

Je devinais pourtant que croire en cet amour était l'ultime croyance de ma vie, la foi au-delà de laquelle rien ici-bas n'aurait plus eu de sens.

Du seuil de notre abri, nous avions suivi le bruissement des pas furtifs dans la rue, le glissement des ombres, puis le silence. Elias avait renversé la tête et murmuré : « Tu te rappelles le ciel dans le Lunda Norte ? Attends, je vais trouver la constellation du Loup… »

IV

Toute une vie me sépare de cette nuit somalienne… Mogadiscio en ruine, une capitale qui, avec obstination, avec délectation presque, se suicidait, jour après jour. Et maintenant, à l'autre bout de l'Afrique, dans une tout autre Afrique, les rues paisibles de Conakry, ce grand hôtel face à la mer, l'impression écœurante d'être un touriste riche sous les tropiques.

Dans le ciel nocturne, une constellation que je vois en m'écartant des lumières crues du palais du Peuple. Quelques secondes suffisent pour prendre conscience que chacun de nos gestes se passe sous le signe de ce vertigineux éloignement stellaire. Et pourtant nous faisons tout pour oublier ce jugement infini, pour n'être jugés que par nous-mêmes. Jadis, dans une ville parsemée de cadavres, un homme qui était peut-être mon seul véritable ami et à qui il restait quelques jours à vivre m'a montré la constellation du Loup et m'a rappelé que nous l'avions déjà vue, la nuit de notre première rencontre, dans les forêts du nord de l'Angola, la nuit où, tout jeune encore, j'avais si peur de mourir… Il suffit de laisser errer son regard entre ces étoiles pour que la peur commence à faiblir et que la mort paraisse temporaire, provisoire. Comme notre vie…

J'entends des pas sur le gravier de l'allée qui contourne le palais. La jeune guide qui cornaque notre groupe d'écrivains court vers moi et me somme d'aller vite prendre ma place à la table ronde «Les destins africains dans la littérature».

La discussion est déjà lancée. Les premiers instants, je l'écoute comme s'il s'agissait d'une langue inconnue. Dans mes souvenirs, je suis encore à côté de l'homme qui a quelques jours à vivre et qui scrute le ciel au-dessus des ruines de Mogadiscio.

Peu à peu le sens des conversations me devient clair. Deux opinions s'affrontent: les «afro-pessimistes» et les «afro-optimistes». Ces derniers se recrutent parmi les Africains bien installés en Occident, des Noirs mondialisés en quelque sorte. Les «pessimistes» parlent de la colonisation, de l'esclavage, de la négritude. Les «optimistes» sourient en coin en les écoutant. Ils appellent à se projeter vers l'avenir, à relativiser le fardeau de l'homme noir, à dépasser les clivages historiques entre les civilisations. Le créneau des «anciens» est la culpabilité inexpiable des Blancs, la sagesse ancestrale du nègre... Les «modernes» jouent la carte du passé colonial dédramatisé, de l'Afrique nouvelle, du continent «à la vitalité bouillonnante et à la libido en geyser», selon l'un d'eux que le public salue d'applaudissements et même de quelques «ouais!».

Dans la salle, à l'extrémité du premier rang, je reconnais l'organisatrice aux cheveux couleur betterave, ma voisine à l'hôtel. Elle est assise à côté de son ami dessinateur congolais. De temps en temps, elle consulte sa montre, puis échange avec le jeune homme une petite grimace de complicité qui signifie: «Dès que ces palabres sont terminées, on file.»

Oui, des palabres, elle n'a pas tort. Le français est la langue des colonisateurs, se plaignent les «anciens», une arme de l'homme blanc qui a réduit au silence les cultures africaines. Les «modernes» rétorquent: non, le français est notre trophée, notre prise de guerre dont nous faisons ce que nous voulons. Le français a violé notre mentalité africaine. Non, c'est la semence de la négritude qui régénère le français anorexique. La formule est de l'écrivain togolais qui vient de parler de «la libido en geyser». Elle fait mouche. La salle est parcourue d'un long esclaffement approbatif. La lignée des costumes sombres, au premier rang, celle des «gros nègres des conférences internationales», remue et fait entendre des ricanements sifflants. Ces hommes ont achevé, dans la matinée, leurs importantes cogitations sur le développement durable en Afrique et, maintenant, ils se détendent en écoutant les élucubrations des romanciers, en fait des «danseuses» qui exécutent pour eux quelques numéros de choix. Encouragés par l'exemple du Togolais, les participants de la table ronde se mettent à illustrer la puissance fécondatrice de l'Afrique. Tout y passe: les féticheurs dont la magie décuple les performances sexuelles de l'homme, la beauté exubérante des femmes («des seins, deux grosses calebasses remplies de lait mielleux», se cite l'un des écrivains), la rivalité qu'un mari malin sait attiser entre ses épouses. J'apprends que dans un pays africain les hommes appellent leurs maîtresses «bureaux» et que dans les villages congolais la fille à marier est surnommée «petit chien». Le public rit, les romanciers renchérissent. Les femmes répudiées, les maris qu'on trompe avec un oncle, un père, un frère, un fils... Des sexes «en tige de bambou», la sueur qui «coule en ruisseaux entre les omoplates et se déverse dans la cannelure des fesses que son amant empoigne»... Tout cela accompagné de paroles de sorciers, d'éclipses de soleil, de danses et de transes.

Histoires d'hommes et de femmes, et pourtant, à aucun moment, me dis-je avec perplexité, n'apparaît l'amour, un amour tout simple avec sa folle générosité, son esprit de sacrifice. Ici, on évoque des marchandages prénuptiaux, les longs rituels des épousailles, tout un commerce de coïts rétribués et de mariages monnayés, et même la virginité qu'on récompense par une chèvre…

Un souvenir me revient, celui d'un récit : un homme torturé à l'estrapade, privé d'eau et de nourriture, et qui me disait qu'il aurait accepté de nouveau cette souffrance pour pouvoir se retrouver, un instant, à côté de la femme qu'il aimait.

L'idée de parler de lui, dans cette salle, me paraît soudain urgente et vitale. Et parfaitement invraisemblable. Car ce qui s'y passe est une comédie bien rodée où chacun joue son rôle : les « anciens » grincheux qui parlent de l'esclavage, les « modernes » souriants qui exaltent la négritude sexuelle, le public chaleureux et rieur, les notables condescendants. Oui, du théâtre, fidèle à sa nature illusoire : le spectacle joué n'a aucun lien avec la vie qui se déroule derrière les murs.

Derrière les murs, à quelques heures de Conakry, s'étendent deux pays moribonds, la Sierra Leone et le Liberia, peuplés d'ombres qui s'entre-déchirent sur un sol gorgé d'or et de diamants. Une terre où l'on plante plus de mines que de graines. Le théâtre permet de l'oublier, le temps d'une comédie. Les intellectuels exécutent leurs pirouettes verbales, les dirigeants les approuvent par le gonflement de leurs badigoinces graisseuses, le public attrape les épices des bons mots (« L'Afrique est un afrodisiaque ! » hurle l'écrivain togolais). Et l'organisatrice aux cheveux couleur betterave gigote légèrement sur son siège, impatiente de se retrouver saillie par son ami congolais. À ce même moment, dans un village libérien, on viole une femme, on coupe les bras à un enfant. Ceci n'est pas une probabilité. Mais une certitude statistique.

L'homme qui regardait la constellation du Loup n'était pas un contemplatif. Tout simplement, il savait que ce point de vue des étoiles permettait de détruire les murs derrière lesquels les humains se protègent pour le plaisir d'être aveugles.

J'observe la salle en pensant que c'est ce monde-là, cette comédie, qu'Elias détestait le plus. Un monde auquel, à présent, j'appartiens.

Durant les derniers jours que nous avons passés dans le brasier de Mogadiscio, il a dû comprendre définitivement qu'il était désormais «irrécupérable»: devenu inutile pour les Soviétiques qui se sauvaient en catastrophe, mais surtout indésirable dans sa patrie angolaise. Pendant plus d'une semaine je ne l'ai pas revu, même de loin, et j'en étais soulagé: j'avais peur de l'entendre parler de sa situation sans issue. Ne le voyant pas, j'ai espéré qu'il avait réussi à quitter Mogadiscio par ses propres moyens. Je me suis rappelé qu'autrefois cette pensée me venait de temps en temps à l'esprit: pourquoi n'abandonnait-il pas tous ces jeux de guerre et d'espionnage, de plus en plus absurdes, pour s'installer quelque part en Occident? En fait, je ne comprenais pas encore ce qu'était pour lui Anna. Des années plus tard, ce bout de phrase qu'il avait échangé avec elle à Moscou me reviendrait: «Revenir en arrière... Jusqu'à Sarma...»

Un nouvel éclat de rire dans la salle. Mon voisin de plateau me pousse du coude, me chuchote à l'oreille une plaisanterie dont je ne saisis pas le sens. Je suis revenu dans le monde qu'Elias détestait. Les participants commencent, l'un après l'autre, à lire leurs témoignages sur l'Afrique. Il me faudra donc pousser la trahison jusque-là.

V

La première impression : une tribu de pingouins serrés les uns contre les autres, cachant leurs petits à l'intérieur de l'attroupement. Les hommes tournent le dos à la rue, à l'une de ces rues que la fusillade rend inhabituellement sonores et transparentes. On entend les voix plaintives des femmes, les piaillements des enfants. Oui, des pingouins : les costumes noirs des hommes, les robes claires des femmes. Chacun a essayé d'enfiler le maximum de vêtements malgré le soleil, pour ne pas les abandonner dans ce Mogadiscio en flammes. La foule se presse contre le portail fermé de l'ambassade américaine. Ce sont les Soviétiques, l'ambassade de l'URSS vient d'être mise à sac et à ce moment-là les pilleurs s'arrachent tout ce qui peut encore servir ou être revendu. Dans la capitale, les maisons sont dépecées comme des carcasses d'animaux, jusqu'aux entrailles, jusqu'au grattage des os. Les « pingouins » ont déjà été témoins de tels équarrissages et maintenant, terrorisés, ils s'agglutinent les uns aux autres, se pressent contre la forteresse américaine.

Je les vois d'une voiture garée au carrefour où brûle un tas de jerricans en plastique. À mes côtés, Leonid, le médecin dont j'ai fait la connaissance dans l'avion en venant à Mogadiscio. Nous essayons de négocier avec le représentant de je ne sais quelle bande armée qui nous fait miroiter la possibilité d'évacuer le personnel de l'ambassade par les airs. Il y a quelques jours, Leonid a opéré le frère de ce guerrier somalien. La récompense pourrait donc être ce droit de passage vers l'aéroport, vers un avion qui viendrait d'Addis-Abeba. Mais les tractations traînent, le représentant fait savoir qu'il voudrait aussi obtenir quelques liquidités…

Le soleil chauffe déjà terriblement le toit de la voiture. La foule des «pingouins», de l'autre côté de la rue, s'est tachée de blanc: les femmes ont couvert leurs têtes de panamas ou de fichus, les hommes arborent des casquettes de touristes. Oui, ils font penser à un voyage organisé, à une excursion sur un site. Je distingue la silhouette voûtée de Vadim, il est en train de parler à l'ambassadeur, et un peu à l'écart, à l'extérieur du cercle de «pingouins», Anna. Elle porte son regard vers la rue voisine où les combattants dépenaillés sont en train d'installer une mitrailleuse sur une jeep. Dans la hâte des préparatifs et de la fuite, elle a dû oublier cette légère écharpe blanche qu'à plusieurs reprises j'avais vue sur sa tête... De temps en temps, elle passe sa main dans ses cheveux comme pour en chasser la chaleur.

Soudain, un camion traverse la rue en trombe, renverse les jerricans qui finissent de brûler dans la puanteur du plastique. Une giclée de balles raye l'enceinte de l'ambassade américaine. Des criaillements de femmes, des jurons d'hommes éclatent dans l'attroupement des «pingouins». Quelqu'un se met à secouer le lourd portail toujours fermé. Derrière les maisons aux vitres soufflées par les explosions monte et s'épaissit un gonflement de fumée noire. L'air s'obscurcit, le soleil s'éclipse, puis réapparaît, semblable à une grosse lune. La panique scinde la foule en groupuscules, en familles sans doute, puis le fracas d'une nouvelle déflagration la ressoude grâce à la peur animale d'une tribu. Dans la voiture, le Somalien qui nous promettait le passage vers l'aéroport se rétracte. Il a dû comprendre que le temps lui manquait pour pouvoir soutirer quelques liasses de dollars à ces étrangers terrorisés. Aller piller une villa lui paraît plus simple. Leonid insiste, hausse le ton. Il est défiguré par les larmes, par ce mal de larmes qu'il a contracté un jour dans les montagnes au nord de Kaboul. Il propose au Somalien un prix, descend de voiture, va rendre compte à l'ambassadeur. Je me place devant le véhicule pour que notre sauveur soit moins tenté de filer. Il y a de nouvelles déflagrations derrière la rangée des maisons, les claquements des mortiers. Au milieu des corps serrés de la foule, j'aperçois le visage d'un tout jeune enfant qui me sourit, puis se cache, réapparaît...

Le brouhaha d'une pièce d'artillerie, au loin, m'empêche d'abord de comprendre la dispute qui éclate soudain dans le groupe. C'est plutôt cet homme seul qui vocifère. Il est trapu, vêtu d'un costume de velours, son front dégouline de sueur. Il a l'air d'aboyer, ensuite de postillonner des menaces en pointant son index sur Vadim. Celui-ci recule devant la violence des attaques, bredouille des justifications. Ils se sont détachés de la foule et parlent plus haut, je perçois enfin la raison de l'affrontement. L'homme en costume de velours accuse Vadim d'avoir abandonné à l'ambassade un ordinateur et (il émet un chuintement vipérin) une mallette avec des disquettes «ultra-secrètes»... «Tu vas voir! On rentre à Moscou, et là, on s'occupera bien de toi. Ton passeport diplomatique tu peux le jeter tout de suite aux chiottes! Et je te signale que ta femme, elle aussi, avait accès à cet ordinateur...»

Anna, qui les a rejoints, entend ces dernières paroles et tente d'expliquer qu'au milieu des fusillades, dans un bâtiment en feu, on n'a pas eu le temps d'aller ouvrir le coffre-fort, de retirer la mallette en question. L'homme se sent piégé par cette réflexion car c'est lui, vu son poste, qui aurait dû sauver ces disquettes

« ultra-secrètes ». Mais il se construit déjà un alibi, cherche des coupables : « Vous verrez ! On rentre à Moscou, et les têtes vont tomber, vous verrez. Préparez-vous au pire, c'est moi qui vous le dis… »

Je ne reconnais pas tout de suite sa silhouette : un homme habillé d'un simple tee-shirt et d'un jean. Elias. Il a dû rester à deux pas derrière moi, près de la voiture. Il a tout entendu. « Le code du coffre-fort ? » demande-t-il en abordant l'homme au costume de velours. « Mais qu'est-ce que vous croyez ? Vous pensez que je… » La voix de celui-ci s'étrangle. « Le code ? » répète Elias plus bas en regardant Vadim qui se détourne légèrement. Anna articule vite une combinaison de chiffres. Une déflagration très proche nous assourdit, la foule de « pingouins » pousse un hurlement. J'ai le temps de voir Elias qui tend au chauffeur une liasse de billets. La voiture part.

Un tambourinement ininterrompu de poings contre l'acier du portail. Puis une étonnante accalmie, comme si l'armistice était enfin conclu. À moins que ce ne soit l'heure de la prière. Le soleil couchant brûle encore mais va rapidement sombrer dans la nuit de l'équateur. La fumée a déjà empli la ville d'un crépuscule gras, étouffant.

La voiture revient à ce moment-là. Je garderai de la scène son rythme bizarrement ralenti dont je ne connais pas encore la cause. Oui, les pas d'Elias, comme en retard sur le temps. Il s'approche de l'homme au costume de velours, lui remet une mallette. Puis, avec la même lenteur, il tend à Anna une écharpe blanche, celle dont elle s'est toujours couvert la tête sous le soleil… Il semble vouloir parler mais les mots que forment ses lèvres sont inaudibles. Je crois que c'est le grincement soudain du portail qui efface ses paroles. Puis les cris de la foule qui s'ébranle et s'engouffre dans le paradis américain entrouvert.

Les «pingouins» se bousculent, on entend l'exclamation hystérique d'une femme («Mais tu as perdu ta sandale!»), la voix de l'ambassadeur qui essaye de discipliner cette ruée, de lui rendre un peu de dignité. Car ce sont les «impérialistes américains», les ennemis de toujours, qui vont les héberger. J'ai encore le temps de noter la cocasserie de la situation et d'apercevoir ce visage féminin au milieu de la foule aspirée dans l'entonnoir du portail. Ce visage, Anna qui se retourne plusieurs fois et que Vadim entraîne par le bras. Je jette un regard derrière moi mais je ne vois plus Elias. Ni dans la foule, ni dans la jeep du Somalien…

«Il est là!» Je reconnais la voix de Leonid. Elias est assis, le dos contre la roue, les yeux ouverts, les mains abandonnées sur le sol. Son bras gauche, de l'épaule au poignet, est rouge. Une grande tache s'étend aussi sur son tee-shirt, sur le ventre… Nous le soulevons, sa tête bouge et il essaye encore de parler. C'est alors que nous remarquons que le portail est de nouveau fermé. Leonid hurle, donne des coups de pied dans l'acier. Deux voitures passent dans la rue. Des balles écaillent la peinture du portail tout près de nos têtes.

Un bout de jardin aux arbres entaillés par des éclats d'obus, une maison transformée en hôpital de fortune, ce papillon (non, c'est un colibri) qui se débat contre le verre d'une lampe à pétrole. La puanteur d'un groupe électrogène, l'acidité âcre des corps sales et ensanglantés, et de temps en temps, comme le rappel d'un monde impossible, la fraîcheur de la brise océanique. Le grésillement des mouches dans cette « salle d'opération », le crissement des bris d'ampoules sous les pas, le gémissement continu, monotone des blessés et de leurs parents.

Leonid travaille, secondé par un médecin somalien qui très lentement mâche une boule de qat. Le colibri enivré de lumière descend en vrille vers les mains qui s'affairent. Leonid le chasse comme on chasserait un moustique. Les balles qu'il retire et qu'il jette dans une cuvette en fer font entendre une sonorité semblable à celle qu'émet la glace qui se rompt. De temps en temps, les déflagrations effacent tout bruit, les gestes des deux médecins s'imprègnent alors d'une ombre d'irréalité. Leonid opère sans pleurer. Et pourtant son magnétophone dort dans ce grand sac à dos jeté près de la porte… J'observe son visage. Non, les yeux sont secs, juste rougis par la fatigue.

Il se redresse, pose le bistouri, tire un drap sur le corps. «Impossible de faire deux pas avec les blessures qu'il avait…», murmure-t-il. Ses yeux me fixent sans me voir. Durant une fraction de seconde, je crois toucher la vérité absolue de ce qui s'est passé: l'homme qui est réapparu devant nous, une mallette noire à la main, n'était plus en vie, mais avançait, restait debout, poussé par une force qui résidait ailleurs que dans ce corps qui gît maintenant sous le drap.

Nous passons toute une journée à tourner dans le piège embrasé de Mogadiscio. Le fait de transporter un mort nous aide parfois à franchir les barrages. Malgré la violence des tueries, cette dépouille à la recherche d'une sépulture éveille, chez les combattants, un lointain écho du sacré. Dans certaines rues, la fumée des incendies est si épaisse que nous devons attendre avant de repartir, sans savoir ce que nous allons voir quand le noir se dissipera. Cela peut être cet homme qu'un obus a soudé contre un mur en une incrustation de sang et de vêtements déchirés. Ou bien cet enfant qui s'est fabriqué un petit avion avec l'hélice d'un ventilateur et qui joue à le lancer au milieu des fusillades. Ou encore, comme dans un très profond cauchemar, la tourelle de ce char enterré: nos tentatives de fuir nous ont amenés dans le quartier de la présidence, que ces chars enfouis, transformés en pièces d'artillerie, protègent. Le canon bouge avec une lenteur somnambulique, pointe sur nous, s'immobilise... Nous faisons un demi-tour serré et partons en sentant, sur nos nuques, la pesanteur de ce point de mire.

Un hélicoptère passe dans le ciel. Nous savons déjà que ce sont les Américains qui évacuent leur personnel – et les membres de l'ambassade soviétique – sur le porte-avions *Guam*. Je me rappelle les paroles d'Elias : « Bientôt, vous serez les meilleurs amis des Américains... »

À la tombée du jour, notre chauffeur nous laisse à quelques kilomètres au nord de Mogadiscio. Il nous dit ne plus avoir d'essence et nous n'avons plus de quoi payer ses services... Dans la nuit, Leonid s'en va vers le port en espérant trouver le moyen de nous embarquer. La fièvre qui a commencé à me secouer la veille se transforme en un spasme de froid dont je n'arrive plus à me débarrasser même blotti contre le mur d'une casemate gardant la chaleur de la journée. Je m'enroule dans une bâche en toile trouvée au milieu des carcasses de voitures. Un instant, mes frissons se calment. Je rajuste la couverture sur le corps d'Elias puis serre sa main dans la mienne. Elle me paraît glacée mais comme celle d'un homme qui vient d'une nuit d'hiver, des grandes plaines de neige. La frontière entre sa mort et ma vie semble incroyablement ténue. Le même sable, encore tiède, sous nos corps. Le même océan d'une noirceur légèrement cendrée. La même enfilade fuyante du ciel. Jamais encore je n'ai senti aussi intensément la présence d'un absent.

Leonid revient. Il a eu la chance de rencontrer le mécanicien d'un petit cargo, un homme assez âgé qui a fait ses études en URSS. Cette nostalgie n'était pas suffisante : il a fallu lui donner nos deux montres et l'argent trouvé dans la sacoche en cuir qu'Elias portait à sa ceinture…

L'embarquement se fait dans la cohue féroce de ceux qui jouent leur va-tout pour survivre. Aucune priorité pour personne, les hommes repoussent les femmes, piétinent les enfants. Leonid avance le premier, empoignant le haut de la couverture qui enveloppe le corps d'Elias, moi, le bas. Ce qui aide sa progression, c'est son mal de larmes qui le reprend soudain. Les gens, même au milieu de cette bousculade, s'écartent de celui qu'ils prennent pour un être surnaturel : un jeune homme aux cheveux parfaitement blancs, aux traits défigurés par les sanglots. J'ai peine à le suivre, essoufflé, mes mâchoires serrées pour ne pas claquer des dents à chaque frisson de fièvre. Un enfant s'agrippe à ma veste et se fait traîner à travers la foule de l'embarcadère. « T'as le palu ! » crie soudain Leonid comme si ce diagnostic pouvait faciliter ma tâche.

Nous nous échouons à l'arrière du bateau, dans un

magma de corps, de ballots, de caisses, de cordages. Le pont est recouvert d'une fine poussière de charbon qui se confond avec la poudre blanche échappant des sacs de farine qu'une demi-douzaine d'hommes transportent en écartant avec brutalité les fugitifs et leurs misérables bagages. Ce chargement nous rassure un peu : il s'agit sans doute de l'aide humanitaire détournée qu'on va débarquer dans un port étranger, et nous aussi par la même occasion.

À la fin de la nuit, le cargo tente d'accoster. On voit sortir de l'obscurité les contours d'un môle, quelques lueurs... Et puis il y a ces secondes interminables où l'on avance encore bien que, de toutes ses forces, le bateau fasse déjà marche arrière. Du môle, une mitrailleuse lourde l'arrose avec, dirait-on, la joie enfantine d'avoir trouvé une cible exposée comme sur un stand de tir. Les cris de ceux qui ont peur d'être tués sont, comme toujours, plus stridents que les plaintes de ceux qui viennent d'être touchés. Un homme, hagard, vient se réfugier sur le rouf, s'assied, crache du sang. Une femme, à côté de moi, toute recroquevillée, gratte patiemment les écailles de la vieille peinture sur le sol noirci de charbon. Elle va continuer son activité démente durant toute la journée, comme pour donner la juste mesure de la folie qui nous entoure.

Au matin, passant à quelques kilomètres de la rive,

nous longeons des jardins fabuleux qui coupent par leur abondance la ligne ocreuse et sèche de la côte. Des maisons cachées dans leur verdure, l'ombre et la fraîcheur devinées. Une ville au sud de Mogadiscio, sans doute Merka. Un paradis avant l'enfer d'une journée calcinée par le soleil et la soif.

Une journée importante pour nous deux : nous avons le temps de nous débarrasser de notre peur, de la sensiblerie des souvenirs, de toute idée de supériorité face à cette masse humaine souffrante, face à cette femme qui gratte la peinture écaillée. Nous sommes tous fraternellement unis par cette étincelle de vie qui veille encore en nous. Et quand, à la nouvelle tentative d'accostage et aux nouveaux tirs, les gens autour de nous se couchent sur le pont, nous les imitons, nous serrant contre ces corps amaigris, protégeant le corps d'Elias étendu entre nous.

À l'approche de la nuit (notre deuxième nuit en mer), le bateau s'éloigne de la côte, puis soudain stoppe, et, incrédules, nous entendons le ralentissement poussif de la machine et enfin, encore plus incroyablement, le silence. Ou plutôt la respiration du tassement humain sur le pont, ses gémissements, murmures, frôlements. La nuit est parfaitement calme, sans brise aucune, et ces discrètes voix se détachent du noir avec une intimité saisissante. Mon propre souffle haché par la fièvre me paraît assourdissant. Leonid se redresse, retire ses écouteurs, et dans leur chuintement je perçois l'une des mélodies que je connais et qu'il écoute en boucle pour lutter contre ses larmes.

Nous ne savons pas si la navigation reprendra ni quelle en sera la destination. Cette méconnaissance ne nous préoccupe plus. Brièvement, nous parlons d'Elias et décidons ce qu'il nous reste à faire. Leonid se fraye un passage en enjambant des corps étendus, disparaît dans les entrailles du bateau. Il revient rapidement, chargé d'un gros rouage en fonte et d'un bout de vieux cordage émoussé…

Le visage d'Elias que nous regardons pour la dernière fois paraît détendu comme celui d'un dormeur. Je crains que, entouré de cordes, ce corps dans sa couverture ne ressemble à un paquet. Mais ses contours rappellent plutôt un bloc taillé dans une roche. Au pied de ce bloc, Leonid attache le rouage.

Le niveau du pont arrière du cargo est à un mètre de l'eau. Nous disposons le corps le long de la bordure d'acier puis nous nous dressons au-dessus de lui, ne pouvant lui rendre les honneurs que par ce garde-à-vous maladroit au milieu de passagers couchés, assis, debout. Le silence d'il y a un instant a cédé la place à une rumeur de plus en plus violente. Les gens s'en prennent aux membres de l'équipage, on tambourine dans la porte de la timonerie. Tant que le bateau avançait, peu leur importait la destination, puisqu'on s'éloignait de la mort. Maintenant la mort prend le visage de cette nuit calme, sans lune, sans un souffle. L'immobilité, la soif, ce bateau figé dans le noir indistinct du ciel et de l'océan. Je vois un homme qui, une longue lame à la main, fend la foule pour atteindre un matelot qui pointe devant lui un pistolet-mitrailleur, étrangement petit, presque un jouet. Deux autres hommes s'empoignent en hurlant, se poussant l'un l'autre contre un escalier métallique. Les pleurs des enfants s'accordent, une seconde, dans un chœur aigu, puis se dispersent en plaintes toutes différentes par leur douleur. Seule la femme qui gratte le sol semble totalement étrangère à la folie des gens dont les cris essayent de repousser la mort. Je vois qu'en fait, avec obstination, elle nettoie ce pont souillé : un petit carré très lisse brille déjà sous ses doigts.

Sans nous concerter, Leonid et moi, nous attendons un répit, un instant de silence. Lui, le visage inondé de larmes qu'il ne remarque même plus, moi, cherchant à retenir la fièvre qui me glace. La femme qui essuie le sol s'approche lentement de l'endroit où nous avons jeté nos affaires.

La question a dû déjà être posée car le modérateur a l'air de la répéter avec cette lenteur insistante qu'on adopte face à un étranger qui tarde à comprendre. Je reprends véritablement mes esprits au moment où cette voix aux syllabes bien détachées articule les derniers mots. Un silence gêné. Je m'éveille de mes souvenirs, rencontre les regards, amusés ou inquiets, d'autres participants de la table ronde, le rictus du modérateur... L'écrivain togolais, intarissable ce soir, sauve la situation : « Je profite de l'embarras de mon confrère russe pour vous dire que Flaubert, pendant son voyage en Orient, ne voyait rien de choquant à ce qu'une femme puisse, en toute liberté, commercialiser son corps. Chez la femme africaine, cette attitude utilitariste est très répandue... » Le débat reprend, le modérateur est visiblement soulagé. Je retiens ce fragment-là : « en toute liberté ». La liberté de la femme africaine qui vend son corps...

Tout à l'heure, quand je me sentais encore présent

dans cette salle, une indignation durcie, tranchante déchirait en moi des cordes que je croyais depuis longtemps enrobées d'indifférence. Je détestais cette brochette de « bureaucrates internationaux » assis au premier rang après avoir passé une semaine à palabrer et à bouffer dans un hôtel de luxe. Je me disais ce qu'il m'arrivait d'exprimer vingt ans auparavant : combien d'enfants pourraient être sauvés pour le prix d'un seul costume que porte chacun de ces gros nègres ? Je détestais les intellectuels-danseuses qui au lieu de se révolter jouaient pour ces spectateurs blasés un numéro sur l'« Afrique-afrodisiaque ». On débitait ce continent comme sur cette lointaine photo que j'avais vue, enfant, dans un livre : un éléphant dépecé. Sa tête, la trompe, le tronc, les pattes… Chacun avait sa part ce soir. Les bureaucrates, les intellectuels, le public qui, faute de mieux, riait aux quolibets de ces histrions. Et même cette organisatrice aux mèches couleur betterave, celle qui avait su tailler sa part de chair, le corps de ce jeune Congolais…

À un moment, la vue de leurs visages m'est devenue trop pénible, je me suis hâté de plonger dans cette terrible nuit somalienne faite de tueries, de cris, de soif et où pourtant je parvenais à respirer. Je savais que ce passé n'avait d'autre issue que la mort pour les uns, la fuite pour les autres, un long retour chaotique pour nous deux (une semaine de convalescence à Addis-Abeba), le retour dans une patrie, dans cette URSS qui, à la fin de la même année, n'existerait plus. Et pourtant, sur ce bateau à la dérive dans un océan nocturne, perçait la vérité souveraine de la vie : la certitude que la disparition d'un homme qui aimait ne signifie pas la disparition de l'amour qu'il portait en lui.

La violence des voix écorchées par le désespoir, la course des ombres à travers l'entremêlement des corps, ces deux plaintes mélangées, celles d'une mère et de son enfant. Et la femme qui continue à gratter le sol souillé du pont. Elle s'approche lentement de l'endroit où nous avons jeté nos affaires…

La sonorité jaillit d'un coup ! Puissante vibration des orgues innervée de violons. La femme a dû tourner le volume du magnétophone que Leonid a laissé près de nos sacs. Elle l'a fait du même geste de grattage, poussant jusqu'au bout. Consciemment ou non ? Plutôt avec la conscience divinatoire de la folie. Car ce tonnerre tragique et triomphant est seul capable d'interrompre la folie qui s'est emparée du bateau. Les gens se figent. Les voix sont suspendues. Le déchaînement enivré des orgues protège la solitude de ce bateau.

Le corps d'Elias s'en va lentement. L'eau est si calme que ce contour humain semble monter au milieu des étoiles, dans un ciel plus profond que le ciel.

Quand la musique cesse, on entend, dans un silence absolu, le soupir très clair d'un enfant.

Table

Un enfant masqué
7

Au lendemain du rêve
99

L'homme qui aimait
209

DU MÊME AUTEUR

Au temps du fleuve Amour
*Le Félin, 1994
et « Folio », n° 2885*

La Fille d'un héros de l'Union soviétique
*Robert Laffont, 1995
et « Folio », n° 2884*

Le Testament français
*prix Goncourt et prix Médicis
Mercure de France, 1995
et « Folio », n° 2934*

Confession d'un porte-drapeau déchu
*Belfond, 1996
et « Folio », n° 2883*

Le Crime d'Olga Arbélina
*Mercure de France, 1998
et « Folio », n° 3366*

Requiem pour l'Est
*Mercure de France, 2000
et « Folio », n° 3587*

La Musique d'une vie
*prix RTL-Lire
Seuil, 2001
et « Points », n° P982*

Saint-Pétersbourg
*(photographies de Ferrante Ferranti)
Le Chêne, 2002*

La Terre et le Ciel de Jacques Dorme
*Mercure de France, 2003
Le Rocher, 2006
et « Folio », n° 4096*

La femme qui attendait
*Seuil, 2004
et « Points », n° P1282*

Cette France qu'on oublie d'aimer
Flammarion, 2006

COMPOSITION : PAO EDITIONS DU SEUIL

GROUPE CPI | *Achevé d'imprimer en septembre 2007*
par **BUSSIÈRE**
à Saint-Amand-Montrond (Cher)
N° d'édition : 96495. - N° d'impression : 71472.
Dépôt légal : octobre 2007.
Imprimé en France

Collection Points

DERNIERS TITRES PARUS

P1331. Mortes-eaux, *Donna Leon*
P1332. Déviances mortelles, *Chris Mooney*
P1333. Les Naufragés du Batavia, *Simon Leys*
P1334. L'Amandière, *Simonetta Agnello Hornby*
P1335. C'est en hiver que les jours rallongent, *Joseph Bialot*
P1336. Cours sur la rive sauvage, *Mohammed Dib*
P1337. Hommes sans mère, *Hubert Mingarelli*
P1338. Reproduction non autorisée, *Marc Vilrouge*
P1339. S.O.S., *Joseph Connolly*
P1340. Sous la peau, *Michel Faber*
P1341. Dorian, *Will Self*
P1342. Le Cadeau, *David Flusfeder*
P1343. Le Dernier Voyage d'Horatio II, *Eduardo Mendoza*
P1344. Mon vieux, *Thierry Jonquet*
P1345. Lendemains de terreur, *Lawrence Block*
P1346. Déni de justice, *Andrew Klavan*
P1347. Brûlé, *Leonard Chang*
P1348. Montesquieu, *Jean Lacouture*
P1349. Stendhal, *Jean Lacouture*
P1350. Le Collectionneur de collections, *Henri Cueco*
P1351. Camping, *Abdelkader Djemaï*
P1352. Janice Winter, *Rose-Marie Pagnard*
P1353. La Jalousie des fleurs, *Ysabelle Lacamp*
P1354. Ma vie, son œuvre, *Jacques-Pierre Amette*
P1355. Lila, Lila, *Martin Suter*
P1356. Un amour de jeunesse, *Ann Packer*
P1357. Mirages du Sud, *Nedim Gürsel*
P1358. Marguerite et les Enragés
       Jean-Claude Lattès et Éric Deschodt
P1359. Los Angeles River, *Michael Connelly*
P1360. Refus de mémoire, *Sarah Paretsky*
P1361. Petite musique de meurtre, *Laura Lippman*
P1362. Le Cœur sous le rouleau compresseur, *Howard Buten*
P1363. L'Anniversaire, *Mouloud Feraoun*
P1364. Passer l'hiver, *Olivier Adam*
P1365. L'Infamille, *Christophe Honoré*
P1366. La Douceur, *Christophe Honoré*
P1367. Des gens du monde, *Catherine Lépront*

P1368. Vent en rafales, *Taslima Nasreen*
P1369. Terres de crépuscule, *J.M. Coetzee*
P1370. Lizka et ses hommes, *Alexandre Ikonnikov*
P1371. Le Châle, *Cynthia Ozick*
P1372. L'Affaire du Dahlia noir, *Steve Hodel*
P1373. Premières armes, *Faye Kellerman*
P1374. Onze jours, *Donald Harstad*
P1375. Le croque-mort préfère la bière, *Tim Cockey*
P1376. Le Messie de Stockholm, *Cynthia Ozick*
P1377. Quand on refuse on dit non, *Ahmadou Kourouma*
P1378. Une vie française, *Jean-Paul Dubois*
P1379. Une année sous silence, *Jean-Paul Dubois*
P1380. La Dernière Leçon, *Noëlle Châtelet*
P1381. Folle, *Nelly Arcan*
P1382. La Hache et le Violon, *Alain Fleischer*
P1383. Vive la sociale !, *Gérard Mordillat*
P1384. Histoire d'une vie, *Aharon Appelfeld*
P1385. L'Immortel Bartfuss, *Aharon Appelfeld*
P1386. Beaux seins, belles fesses, *Mo Yan*
P1387. Séfarade, *Antonio Muñoz Molina*
P1388. Le Gentilhomme au pourpoint jaune
       Arturo Pérez-Reverte
P1389. Ponton à la dérive, *Daniel Katz*
P1390. La Fille du directeur de cirque, *Jostein Gaarder*
P1391. Pelle le Conquérant 3, *Martin Andersen Nexø*
P1392. Pelle le Conquérant 4, *Martin Andersen Nexø*
P1393. Soul Circus, *George P. Pelecanos*
P1394. La Mort au fond du canyon, *C.J. Box*
P1395. Recherchée, *Karin Alvtegen*
P1396. Disparitions à la chaîne, *Åke Smedberg*
P1397. Bardo or not Bardo, *Antoine Volodine*
P1398. La Vingt-Septième Ville, *Jonathan Franzen*
P1399. Pluie, *Kirsty Gunn*
P1400. La Mort de Carlos Gardel, *António Lobo Antunes*
P1401. La Meilleure Façon de grandir, *Meir Shalev*
P1402. Les Plus Beaux Contes zen, *Henri Brunel*
P1403. Le Sang du monde, *Catherine Clément*
P1404. Poétique de l'égorgeur, *Philippe Ségur*
P1405 La Proie des âmes, *Matt Ruff*
P1406. La Vie invisible, *Juan Manuel de Prada*
P1407. Qu'elle repose en paix, *Jonathan Kellerman*
P1408. Le Croque-mort à tombeau ouvert, *Tim Cockey*

P1409. La Ferme des corps, *Bill Bass*
P1410. Le Passeport, *Azouz Begag*
P1411. La station Saint-Martin est fermée au public
       Joseph Bialot
P1412. L'Intégration, *Azouz Begag*
P1413. La Géométrie des sentiments, *Patrick Roegiers*
P1414. L'Ame du chasseur, *Deon Meyer*
P1415. La Promenade des délices, *Mercedes Deambrosis*
P1416. Un après-midi avec Rock Hudson
       Mercedes Deambrosis
P1417. Ne gênez pas le bourreau, *Alexandra Marinina*
P1418. Verre cassé, *Alain Mabanckou*
P1419. African Psycho, *Alain Mabanckou*
P1420. Le Nez sur la vitre, *Abdelkader Djemaï*
P1421. Gare du Nord, *Abdelkader Djemaï*
P1422. Le Chercheur d'Afriques, *Henri Lopes*
P1423. La Rumeur d'Aquitaine, *Jean Lacouture*
P1424. Une soirée, *Anny Duperey*
P1425. Un saut dans le vide, *Ed Dee*
P1426. En l'absence de Blanca, *Antonio Muñoz Molina*
P1427. La Plus Belle Histoire du bonheur, *collectif*
P1429. Comment c'était. Souvenirs sur Samuel Beckett
       Anne Atik
P1430. Suite à l'hôtel Crystal, *Olivier Rolin*
P1431. Le Bon Serviteur, *Carmen Posadas*
P1432. Traité de savoir-vivre à l'usage des jeunes Russes
       Gary Shteyngart
P1433. C'est égal, *Agota Kristof*
P1434. Le Nombril des femmes, *Dominique Quessada*
P1435. L'Enfant à la luge, *Chris Mooney*
P1436. Encres de Chine, *Qiu Xiaolong*
P1437. Enquête de mor(t)alité, *Gene Riehl*
P1438. Le Château du Roi Dragon. La Saga du Roi Dragon I
       Stephen Lawhead
P1439. Les Armes des Garamont. La Malerune I
       Pierre Grimbert
P1440. Le Prince déchu. Les Enfants de l'Atlantide I
       Bernard Simonay
P1441. Le Voyage d'Hawkwood. Les Monarchies divines I
       Paul Kearney
P1442. Un trône pour Hadon. Le Cycle d'Opar I
       Philip-José Farmer

P1443. Fendragon, *Barbara Hambly*
P1444. Les Brigands de la forêt de Skule, *Kerstin Ekman*
P1445. L'Abîme, *John Crowley*
P1446. Œuvre poétique, *Léopold Sédar Senghor*
P1447. Cadastre, *suivi de* Moi, laminaire…, *Aimé Césaire*
P1448. La Terre vaine et autres poèmes, *Thomas Stearns Eliot*
P1449. Le Reste du voyage et autres poèmes, *Bernard Noël*
P1450. Haïkus, *anthologie*
P1451. L'Homme qui souriait, *Henning Mankell*
P1452. Une question d'honneur, *Donna Leon*
P1453. Little Scarlet, *Walter Mosley*
P1454. Elizabeth Costello, *J.M. Coetzee*
P1455. Le maître a de plus en plus d'humour, *Mo Yan*
P1456. La Femme sur la plage avec un chien, *William Boyd*
P1457. Accusé Chirac, levez-vous!, *Denis Jeambar*
P1458. Sisyphe, roi de Corinthe. Le Châtiment des Dieux I
François Rachline
P1459. Le Voyage d'Anna, *Henri Gougaud*
P1460. Le Hussard, *Arturo Pérez-Reverte*
P1461. Les Amants de pierre, *Jane Urquhart*
P1462. Corcovado, *Jean-Paul Delfino*
P1463. Hadon, le guerrier. Le Cycle d'Opar II
Philip José Farmer
P1464. Maîtresse du Chaos. La Saga de Raven I
Robert Holdstock et Angus Wells
P1465. La Sève et le Givre, *Léa Silhol*
P1466. Élégies de Duino *suivi de* Sonnets à Orphée
Rainer Maria Rilke
P1467. Rilke, *Philippe Jaccottet*
P1468. C'était mieux avant, *Howard Buten*
P1469. Portrait du Gulf Stream, *Érik Orsenna*
P1470. La Vie sauve, *Lydie Violet et Marie Desplechin*
P1471. Chicken Street, *Amanda Sthers*
P1472. Polococktail Party, *Dorota Maslowska*
P1473. Football factory, *John King*
P1474. Une petite ville en Allemagne, *John le Carré*
P1475. Le Miroir aux espions, *John le Carré*
P1476. Deuil interdit, *Michael Connelly*
P1477. Le Dernier Testament, *Philip Le Roy*
P1478. Justice imminente, *Jilliane Hoffman*
P1479. Ce cher Dexter, *Jeff Lindsay*
P1480. Le Corps noir, *Dominique Manotti*

P1481. Improbable, *Adam Fawer*
P1482. Les Rois hérétiques. Les Monarchies divines II
       Paul Kearney
P1483. L'Archipel du soleil. Les Enfants de l'Atlantide II
       Bernard Simonay
P1484. Code Da Vinci : l'enquête
       Marie-France Etchegoin et Frédéric Lenoir
P1485. L.A. confidentiel : les secrets de Lance Armstrong
       Pierre Ballester et David Walsh
P1486. Maria est morte, *Jean-Paul Dubois*
P1487. Vous aurez de mes nouvelles, *Jean-Paul Dubois*
P1488. Un pas de plus, *Marie Desplechin*
P1489. D'excellente famille, *Laurence Deflassieux*
P1490. Une femme normale, *Émilie Frèche*
P1491. La Dernière Nuit, *Marie-Ange Guillaume*
P1492. Le Sommeil des poissons, *Véronique Ovaldé*
P1493. La Dernière Note, *Jonathan Kellerman*
P1494. La Cité des Jarres, *Arnaldur Indridason*
P1495. Électre à La Havane, *Leonardo Padura*
P1496. Le croque-mort est bon vivant, *Tim Cockey*
P1497. Le Cambrioleur en maraude, *Lawrence Block*
P1498. L'Araignée d'émeraude. La Saga de Raven II
       Robert Holdstock et Angus Wells
P1499. Faucon de mai, *Gillian Bradshaw*
P1500. La Tante marquise, *Simonetta Agnello Hornby*
P1501. Anita, *Alicia Dujovne Ortiz*
P1502. Mexico City Blues, *Jack Kerouac*
P1503. Poésie verticale, *Roberto Juarroz*
P1506. Histoire de Rofo, clown, *Howard Buten*
P1507. Manuel à l'usage des enfants qui ont des parents difficiles
       Jeanne Van den Brouk
P1508. La Jeune Fille au balcon, *Leïla Sebbar*
P1509. Zenzela, *Azouz Begag*
P1510. La Rébellion, *Joseph Roth*
P1511. Falaises, *Olivier Adam*
P1512. Webcam, *Adrien Goetz*
P1513. La Méthode Mila, *Lydie Salvayre*
P1514. Blonde abrasive, *Christophe Paviot*
P1515. Les Petits-Fils nègres de Vercingétorix, *Alain Mabanckou*
P1516. 107 ans, *Diastème*
P1517. La Vie magnétique, *Jean-Hubert Gailliot*
P1518. Solos d'amour, *John Updike*

P1519. Les Chutes, *Joyce Carol Oates*
P1520. Well, *Matthieu McIntosh*
P1521. À la recherche du voile noir, *Rick Moody*
P1522. Train, *Pete Dexter*
P1523. Avidité, *Elfriede Jelinek*
P1524. Retour dans la neige, *Robert Walser*
P1525. La Faim de Hoffman, *Leon De Winter*
P1526. Marie-Antoinette, la naissance d'une reine.
Lettres choisies, *Évelyne Lever*
P1527. Les Petits Verlaine *suivi de* Samedi, dimanche et fêtes
Jean-Marc Roberts
P1528. Les Seigneurs de guerre de Nin. La Saga du Roi Dragon II
Stephen Lawhead
P1529. Le Dire des Sylfes. La Malerune II
Michel Robert et Pierre Grimbert
P1530. Le Dieu de glace. La Saga de Raven III
Robert Holdstock et Angus Wells
P1531. Un bon cru, *Peter Mayle*
P1532. Confessions d'un boulanger, *Peter Mayle et Gérard Auzet*
P1533. Un poisson hors de l'eau, *Bernard Comment*
P1534. Histoire de la Grande Maison, *Charif Majdalani*
P1535. La Partie belle *suivi de* La Comédie légère
Jean-Marc Roberts
P1536. Le Bonheur obligatoire, *Norman Manea*
P1537. Les Larmes de ma mère, *Michel Layaz*
P1538. Tant qu'il y aura des élèves, *Hervé Hamon*
P1539. Avant le gel, *Henning Mankell*
P1540. Code 10, *Donald Harstad*
P1541. Les Nouvelles Enquêtes du juge Ti, vol. 1
Le Château du lac Tchou-An, *Frédéric Lenormand*
P1542. Les Nouvelles Enquêtes du juge Ti, vol. 2
La Nuit des juges, *Frédéric Lenormand*
P1543. Que faire des crétins ? Les perles du Grand Larousse
Pierre Enckell et Pierre Larousse
P1544. Motamorphoses. À chaque mot son histoire
Daniel Brandy
P1545. L'habit ne fait pas le moine. Petite histoire des expressions
Gilles Henry
P1546. Petit fictionnaire illustré. Les mots qui manquent au dico
Alain Finkielkraut
P1547. Le Pluriel de bric-à-brac et autres difficultés
de la langue française, *Irène Nouailhac*

P1548. Un bouquin n'est pas un livre. Les nuances des synonymes
       Rémi Bertrand
P1549. Sans nouvelles de Gurb, *Eduardo Mendoza*
P1550. Le Dernier Amour du président, *Andreï Kourkov*
P1551. L'Amour, soudain, *Aharon Appelfeld*
P1552. Nos plus beaux souvenirs, *Stewart O'Nan*
P1553. Saint-Sépulcre!, *Patrick Besson*
P1554. L'Autre comme moi, *José Saramago*
P1555. Pourquoi Mitterrand?, *Pierre Joxe*
P1556. Pas si fous ces Français!
       Jean-Benoît Nadeau et Julie Barlow
P1557. La Colline des Anges
       Jean-Claude Guillebaud et Raymond Depardon
P1558. La Solitude heureuse du voyageur
       précédé de Notes, *Raymond Depardon*
P1559. Hard Revolution, *George P. Pelecanos*
P1560. La Morsure du lézard, *Kirk Mitchell*
P1561. Winterkill, *C.J. Box*
P1562. La Morsure du dragon, *Jean-François Susbielle*
P1563. Rituels sanglants, *Craig Russell*
P1564. Les Écorchés, *Peter Moore Smith*
P1565. Le Crépuscule des géants. Les Enfants de l'Atlantide III
       Bernard Simonay
P1566. Aara. Aradia I, *Tanith Lee*
P1567. Les Guerres de fer. Les Monarchies divines III
       Paul Kearney
P1568. La Rose pourpre et le Lys, tome 1, *Michel Faber*
P1569. La Rose pourpre et le Lys, tome 2, *Michel Faber*
P1570. Sarnia, *G.B. Edwards*
P1571. Saint-Cyr/La Maison d'Esther, *Yves Dangerfield*
P1572. Renverse du souffle, *Paul Celan*
P1573. Pour un tombeau d'Anatole, *Stéphane Mallarmé*
P1574. 95 poèmes, *E.E. Cummings*
P1575. Le Dico des mots croisés.
       8 000 définitions pour devenir imbattable, *Michel Laclos*
P1576. Les deux font la paire.
       Les couples célèbres dans la langue française
       Patrice Louis
P1577. C'est la cata. Petit manuel du français maltraité
       Pierre Bénard
P1578. L'Avortement, *Richard Brautigan*
P1579. Les Braban, *Patrick Besson*

P1580. Le Sac à main, *Marie Desplechin*
P1581. Nouvelles du monde entier, *Vincent Ravalec*
P1582. Le Sens de l'arnaque, *James Swain*
P1583. L'Automne à Cuba, *Leonardo Padura*
P1584. Le Glaive et la Flamme. La Saga du Roi Dragon III
Stephen Lawhead
P1585. La Belle Arcane. La Malerune III
Michel Robert et Pierre Grimbert
P1586. Femme en costume de bataille, *Antonio Benitez-Rojo*
P1587. Le Cavalier de l'Olympe. Le Châtiment des Dieux II
François Rachline
P1588. Le Pas de l'ourse, *Douglas Glover*
P1589. Lignes de fond, *Neil Jordan*
P1590. Monsieur Butterfly, *Howard Buten*
P1591. Parfois je ris tout seul, *Jean-Paul Dubois*
P1592. Sang impur, *Hugo Hamilton*
P1593. Le Musée de la sirène, *Cypora Petitjean-Cerf*
P1594. Histoire de la gauche caviar, *Laurent Joffrin*
P1595. Les Enfants de chœur (Little Children), *Tom Perrotta*
P1596. Les Femmes politiques, *Laure Adler*
P1597. La Preuve par le sang, *Jonathan Kellerman*
P1598. La Femme en vert, *Arnaldur Indridason*
P1599. Le Che s'est suicidé, *Petros Markaris*
P1600. Les Nouvelles Enquêtes du juge Ti, vol. 3
Le Palais des courtisanes, *Frédéric Lenormand*
P1601. Trahie, *Karin Alvtegen*
P1602. Les Requins de Trieste, *Veit Heinichen*
P1603. Pour adultes seulement, *Philip Le Roy*
P1604. Offre publique d'assassinat, *Stephen W. Frey*
P1605. L'Heure du châtiment, *Eileen Dreyer*
P1606. Aden, *Anne-Marie Garat*
P1607. Histoire secrète du Mossad, *Gordon Thomas*
P1608. La Guerre du paradis. Le Chant d'Albion I
Stephen Lawhead
P1609. La Terre des Morts. Les Enfants de l'Atlantide IV
Bernard Simonay
P1610. Thenser. Aradia II, *Tanith Lee*
P1611. Le Petit Livre des gros câlins, *Kathleen Keating*
P1612. Un soir de décembre, *Delphine de Vigan*
P1613. L'Amour foudre, *Henri Gougaud*
P1614. Chaque jour est un adieu
suivi de Un jeune homme est passé, *Alain Rémond*

P1615. Clair-obscur, *Jean Cocteau*
P1616. Chihuahua, zébu et Cie.
L'étonnante histoire des noms d'animaux
Henriette Walter et Pierre Avenas
P1617. Les Chaussettes de l'archiduchesse et autres défis
de la prononciation
Julos Beaucarne et Pierre Jaskarzec
P1618. My rendez-vous with a femme fatale.
Les mots français dans les langues étrangères
Franck Resplandy
P1619. Seulement l'amour, *Philippe Ségur*
P1620. La Jeune Fille et la Mère, *Leïla Marouane*
P1621. L'Increvable Monsieur Schneck, *Colombe Schneck*
P1622. Les Douze Abbés de Challant, *Laura Mancinelli*
P1623. Un monde vacillant, *Cynthia Ozick*
P1624. Les Jouets vivants, *Jean-Yves Cendrey*
P1625. Le Livre noir de la condition des femmes
Christine Ockrent (dir.)
P1626. Comme deux frères, *Jean-François Kahn et Axel Kahn*
P1627. Equador, *Miguel Sousa Tavares*
P1628. Du côté où se lève le soleil
Anne-Sophie Jacouty
P1629. L'Affaire Hamilton, *Michelle De Kretser*
P1630. Une passion indienne, *Javier Moro*
P1631. La Cité des amants perdus, *Nadeem Aslam*
P1632. Rumeurs de haine, *Taslima Nasreen*
P1633. Le Chromosome de Calcutta, *Amitav Ghosh*
P1634. Show business, *Shashi Tharoor*
P1635. La Fille de l'arnaqueur, *Ed Dee*
P1636. En plein vol, *Jan Burke*
P1637. Retour à la Grande Ombre, *Hakan Nesser*
P1638. Wren. Les Descendants de Merlin I, *Irene Radford*
P1639. Petit manuel de savoir-vivre à l'usage des enseignants
Boris Seguin, Frédéric Teillard
P1640. Les Voleurs d'écritures *suivi de* Les Tireurs d'étoiles
Azouz Begag
P1641. L'Empreinte des dieux. Le Cycle de Mithra I
Rachel Tanner
P1642. Enchantement, *Orson Scott Card*
P1643. Les Fantômes d'Ombria, *Patricia A. McKillip*
P1644. La Main d'argent. Le Chant d'Albion II
Stephen Lawhead

P1645. La Quête de Nifft-le-mince, *Michael Shea*
P1646. La Forêt d'Iscambe, *Christian Charrière*
P1647. La Mort du Nécromant, *Martha Wells*
P1648. Si la gauche savait, *Michel Rocard*
P1649. Misère de la Ve République, *Bastien François*
P1650. Photographies de personnalités politiques
       Raymond Depardon
P1651. Poèmes païens de Alberto Caeiro et Ricardo Reis
       Fernando Pessoa
P1652. La Rose de personne, *Paul Celan*
P1653. Caisse claire, poèmes 1990-1997, *Antoine Emaz*
P1654. La Bibliothèque du géographe, *Jon Fasman*
P1655. Parloir, *Christian Giudicelli*
P1656. Poils de Cairote, *Paul Fournel*
P1657. Palimpseste, *Gore Vidal*
P1658. L'Épouse hollandaise, *Eric McCormack*
P1659. Ménage à quatre, *Manuel Vázquez Montalbán*
P1660. Milenio, *Manuel Vázquez Montalbán*
P1661. Le Meilleur de nos fils, *Donna Leon*
P1662. Adios Hemingway, *Leonardo Padura*
P1663. L'avenir c'est du passé, *Lucas Fournier*
P1664. Le Dehors et le Dedans, *Nicolas Bouvier*
P1665. Partition rouge.
       Poèmes et chants des indiens d'Amérique du Nord
       Jacques Roubaud, Florence Delay
P1666. Un désir fou de danser, *Elie Wiesel*
P1667. Lenz, *Georg Büchner*
P1668. Resmiranda. Les Descendants de Merlin II
       Irene Radford
P1669. Le Glaive de Mithra. Le Cycle de Mithra II
       Rachel Tanner
P1670. Phénix vert. Trilogie du Latium I, *Thomas B. Swann*
P1671. Essences et parfums, *Anny Duperey*
P1672. Naissances, *Collectif*
P1673. L'Évangile une parole invincible, *Guy Gilbert*
P1674. L'Epoux divin, *Francisco Goldman*
P1675. La Comtesse de Pimbêche
       et autres étymologies curieuses
       Pierre Larousse
P1676. Les Mots qui me font rire
       et autres cocasseries de la langue française
       Jean-Loup Chiflet

P1677. Les carottes sont jetées.
Quand les expressions perdent la boule
Olivier Marchon
P1678. Le Retour du professeur de danse, *Henning Mankell*
P1679. Romanzo Criminale, *Giancarlo de Cataldo*
P1680. Ciel de sang, *Steve Hamilton*
P1681. Ultime Témoin, *Jilliane Hoffman*
P1682. Los Angeles, *Peter Moore Smith*
P1683. Encore une journée pourrie
ou 365 bonnes raisons de rester couché, *Pierre Enckell*
P1684. Chroniques de la haine ordinaire 2, *Pierre Desproges*
P1685. Desproges, portrait, *Marie-Ange Guillaume*
P1686. Les Amuse-Bush, *Collectif*
P1687. Mon valet et moi, *Hervé Guibert*
P1688. T'es pas mort !, *Antonio Skármeta*
P1689. En la forêt de Longue Attente.
Le roman de Charles d'Orléans, *Hella S. Haasse*
P1690. La Défense Lincoln, *Michael Connelly*
P1691. Flic à Bangkok, *Patrick Delachaux*
P1692. L'Empreinte du renard, *Moussa Konaté*
P1693. Les fleurs meurent aussi, *Lawrence Block*
P1694. L'Ultime Sacrilège, *Jérôme Bellay*
P1695. Engrenages, *Christopher Wakling*
P1696. La Sœur de Mozart, *Rita Charbonnier*
P1697. La Science du baiser, *Patrick Besson*
P1698. La Domination du monde, *Denis Robert*
P1699. Minnie, une affaire classée, *Hans Werner Kettenbach*
P1700. Dans l'ombre du Condor, *Jean-Paul Delfino*
P1701. Le Nœud sans fin. Le Chant d'Albion III
Stephen Lawhead
P1702. Le Feu primordial, *Martha Wells*
P1703. Le Très Corruptible Mandarin, *Qiu Xiaolong*
P1704. Dexter revient !, *Jeff Lindsay*
P1705. Vous plaisantez, monsieur Tanner, *Jean-Paul Dubois*
P1706. À Garonne, *Philippe Delerm*
P1707. Pieux mensonges, *Maile Meloy*
P1708. Chercher le vent, *Guillaume Vigneault*
P1709. Les Pierres du temps et autres poèmes, *Tahar Ben Jelloun*
P1710. René Char, *Éric Marty*
P1711. Les Dépossédés, *Robert McLiam Wilson et Donovan Wylie*
P1712. Bob Dylan à la croisée des chemins. Like a Rolling Stone
Greil Marcus

P1713. Comme une chanson dans la nuit
       suivi de Je marche au bras du temps, *Alain Rémond*
P1714. Où les borgnes sont rois, *Jess Walter*
P1715. Un homme dans la poche, *Aurélie Filippetti*
P1716. Prenez soin du chien, *J.M. Erre*
P1717. La Photo, *Marie Desplechin*
P1718. À ta place, *Karine Reysset*
P1719. Je pense à toi tous les jours, *Héléna Villovitch*
P1720. Si petites devant ta face, *Anne Brochet*
P1721. Ils s'en allaient faire des enfants ailleurs
       Marie-Ange Guillaume
P1722. Le Jugement de Léa, *Laurence Tardieu*
P1723. Tibet or not Tibet, *Péma Dordjé*
P1724. La Malédiction des ancêtres, *Kirk Mitchell*
P1725. Le Tableau de l'apothicaire, *Adrian Mathews*
P1726. Out, *Natsuo Kirino*
P1727. La Faille de Kaïber. Le Cycle des Ombres I
       Mathieu Gaborit
P1728. Griffin. Les Descendants de Merlin III, *Irene Radford*
P1729. Le Peuple de la mer. Le Cycle du Latium II
       Thomas B. Swann
P1730. Sexe, mensonges et Hollywood, *Peter Biskind*
P1731. Qu'avez-vous fait de la révolution sexuelle?
       Marcela Iacub
P1732. Persée, prince de la lumière. Le Châtiment des dieux III
       François Rachline
P1733. Bleu de Sèvres, *Jean-Paul Desprat*
P1734. Julius et Isaac, *Patrick Besson*
P1735. Une petite légende dorée, *Adrien Goetz*
P1736. Le Silence de Loreleï, *Carolyn Parkhurst*
P1737. Déposition, *Leon Werth*
P1738. La Vie comme à Lausanne, *Erik Orsenna*
P1739. L'Amour, toujours!, *Abbé Pierre*
P1740. Henri ou Henry, *Didier Decoin*
P1741. Mangez-moi, *Agnès Desarthe*
P1742. Mémoires de porc-épic, *Alain Mabanckou*
P1743. Charles, *Jean-Michel Béquié*
P1744. Air conditionné, *Marc Vilrouge*
P1745. L'Homme qui apprenait lentement, *Thomas Pynchon*
P1746. Extrêmement fort et incroyablement près
       Jonathan Safran Foer
P1747. La Vie rêvée de Sukhanov, *Olga Grushin*

P1748. Le Retour du Hooligan, *Norman Manea*
P1749. L'Apartheid scolaire, *G. Fellouzis & Cie*
P1750. La Montagne de l'âme, *Gao Xingjian*
P1751. Les Grands Mots du professeur Rollin
Panacée, ribouldingue et autres mots à sauver
Le Professeur Rollin
P1752. Dans les bras de Morphée
Histoire des expressions nées de la mythologie
Isabelle Korda
P1753. Parlez-vous la langue de bois ?
Petit traité de manipulation à l'usage des innocents
Martine Chosson
P1754. Je te retrouverai, *John Irving*
P1755. L'Amant en culottes courtes, *Alain Fleischer*
P1756. Billy the Kid, *Michael Ondaatje*
P1757. Le Fou de Printzberg, *Stéphane Héaume*
P1758. La Paresseuse, *Patrick Besson*
P1759. Bleu blanc vert, *Maïssa Bey*
P1760. L'Eté du sureau, *Marie Chaix*
P1761. Chroniques du crime, *Michael Connelly*
P1762. Le croque-mort enfonce le clou, *Tim Cockey*
P1763. La Ligne de flottaison, *Jean Hatzfeld*
P1764. Le Mas des alouettes, Il était une fois en Arménie
Antonia Arslan
P1765. L'Œuvre des mers, *Eugène Nicole*
P1766. Les Cendres de la colère. Le Cycle des Ombres II
Mathieu Gaborit
P1767. La Dame des abeilles. Le Cycle du latium III
Thomas B. Swann
P1768. L'Ennemi intime, *Patrick Rotman*
P1769. Nos enfants nous haïront
Denis Jeambar & Jacqueline Remy
P1770. Ma guerre contre la guerre au terrorisme, *Terry Jones*
P1771. Quand Al-Quaïda parle, *Farhad Khosrokhavar*
P1772. Les Armes secrètes de la C.I.A., *Gordon Thomas*
P1773. Asphodèle suivi de Tableaux d'après Bruegel
William Carlos Williams
P1774. Poésie espagnole 1945-1990 (anthologie)
Claude de Frayssinet
P1775. Mensonges sur le divan, *Irvin D. Yalom*
P1776. Le Cycle de Deverry. Le Sortilège de la dague I
Katharine Kerr

P1777. La Tour de guet suivi des Danseurs d'Arun.
       Les Chroniques de Tornor I, *Elisabeth Lynn*
P1778. La Fille du Nord, Les Chroniques de Tornor II
       Elisabeth Lynn
P1779. L'Amour humain, *Andreï Makine*
P1780. Viol, une histoire d'amour, *Joyce Carol Oates*
P1781. La Vengeance de David, *Hans Werner Kettenbach*
P1782. Le Club des conspirateurs, *Jonathan Kellerman*
P1783. Sanglants trophées, *C.J. Box*
P1784. Une ordure, *Irvine Welsh*
P1785. Owen Noone et Marauder, *Douglas Cowie*
P1786. L'Autre Vie de Brian, *Graham Parker*
P1787. Triksta, *Nick Cohn*
P1788. Une histoire politique du journalisme
       Géraldine Muhlmann
P1789. Les Faiseurs de pluie.
       L'histoire et l'impact futur du changement climatique
       Tim Flannery
P1790. La Plus Belle Histoire de l'amour, *Dominique Simonnet*
P1791. Poèmes et proses, *Gerard Manley Hopkins*
P1792. Lieu-dit l'éternité, poèmes choisis, *Emily Dickinson*
P1793. La Couleur bleue, *Jörg Kastner*
P1794. Le Secret de l'imam bleu, *Bernard Besson*
P1795. Tant que les arbres s'enracineront
       dans la terre et autres poèmes, *Alain Mabanckou*
P1796. Cité de Dieu, *E.L. Doctorow*
P1797. Le Script, *Rick Moody*
P1798. Raga, approche du continent invisible,
       J.M.G. Le Clézio
P1799. Katerina, *Aharon Appefeld*
P1800. Une opérette à Ravensbrück, *Germaine Tillion*
P1801. Une presse sans Gutenberg,
       Pourquoi Internet a révolutionné le journalisme
       Bruno Patino et Jean-François Fogel
P1802. Arabesques. L'aventure de la langue en Occident
       Henriette Walter et Bassam Baraké
P1803. L'Art de la ponctuation. Le point, la virgule
       et autres signes fort utiles
       Olivier Houdart et Sylvie Prioul
P1804. À mots découverts. Chroniques au fil de l'actualité
       Alain Rey
P1805. L'Amante du pharaon, *Naguib Mahfouz*